サーミャ
虎の獣人族で、
エイゾウに命を救われ、
一緒に暮らし始める。
ディアナ
エイムール伯爵家の
ご令嬢。
お転婆で剣術が好き。
リディ
エルフの里出身。
魔法に詳しい。
ヘレン
“迅雷《じんらい》”の二つ名を持つ傭兵。
以前、特注品の剣を
依頼に来た。

ドラゴンだった。
エイゾウ
モノづくりが趣味な、
猫好きの元社畜。

鍛冶屋
ではじめる
異世界
スローライフ
5
Riike
リケ
ドワーフで、
エイゾウの腕に惚れ込んで
押しかけ弟子に。

何かの確証があるわけではない。
しかし、ヤバい、と
身体が警告を発している。
それは、様々な世界で
最強と言われるであろう生物――
フローレ
類稀な才能を持つ
傭兵の少女。

[著]たまる
[画]キンタ
鍛冶屋ではじめる異世界スローライフ
5
Different world slow life began at the smith

イラスト
キンタ

デザイン
AFTERGLOW

CONTENTS

Different world slow life began at the Smith

プロローグ　ご依頼は？

その場所の印象を聞けば、大半の者がこう答えるだろう。「立ち入ってはいけない所だ」と。

実際、危険な動物が徘徊《はいかい》しており、並の人間ではあっという間に襲われ、その生涯を終えることになるだろう。

ここはこの世界で〝黒の森〟と呼ばれる場所である。知らぬ者のいない広大な森林が広がっており、入った者を惑わし、狼《おおかみ》や熊などの危険な動物が棲《す》まい、魔物もいると言う者すらいる。

そんな〝黒の森〟を往《ゆ》く一つの影があった。

森の中にもかかわらず、フードを深く被《かぶ》り、その容貌は窺《うかが》い知《し》れない。体つきからすると、どうやら女性のようである。

女性は慎重に歩みを進めていく。つい先ほどもこの森に棲む狼たちの群れと危うくかち合うところだったのだ。

襲われたところで撃退できる自信はあった。しかし、それでも余計な殺生はしたくない。気分的なものもあるが、何より怪我《けが》をしたくないし、体力を余分に使いたくなかった。

広大な〝黒の森〟にもかかわらず、女性は向かうべき場所がどこなのか分かっていた。そこに向かうなら余分なことは何一つしたくない。

女性は時折立ち止まると、周囲を見回す。鬱蒼《うっそう》とした木々の林冠に阻まれ、日光はかなり減ぜられていたが、それでも木漏れ日があたりを照らし、その明かりをスポットライトにして、可憐《かれん》な花が小さなその姿を見せつけていた。

「狼どもはともかく、いい森だ」

やや低めの声が、鳥たちの歌に加わる。彼女は深呼吸をした。

「これほどの魔力、魔界以外ではそうそうあるものではないな。これだけでも来た甲斐《かい》はあるか」

フードから垣間《かいま》見える口元に笑みが浮かぶ。彼女は魔界から来た。魔界は澱《よど》んだ魔力が多く、普通の人間では暮らしていけない。ここにあるのは「澱んでいない」魔力だが、それでもここに来るまでの間にこれほど魔力の濃い土地はなかった。

魔界で何かあったとき、自分の身はともかく他の者たちがこの森へ逃げおおせれば、少しでも命を長らえることができるかも知れない。この発見は彼女の足取りを幾分か軽くし、目的地への時間をほんのわずかばかり短縮させた。


「ある、とは聞いていた」

女性は目的地に辿《たど》り着いた。目の前には木造の家がある。そこだけ大きな何かが剣を振るったかのように木の生えていない広場に、それは建っていた。

家に張り付くように、石を組んだ壁の建物があった。そちらにも煙突があり、もうもうと煙を吐き出している。

そちらの建物からは作業をしているのだろう、鋼か何かを叩《たた》く音が軽やかに響いてきている。

女性はその建物側に扉があるのを認めると、そちらに近づいた。可愛《かわい》らしい猫のレリーフが刻まれた扉を拳で叩く。ややあって、のんびりとした男の声が返ってくる。

「はいー。今出ますんで、少々お待ちを」

その言葉どおり、少ししてから扉が開く。顔を出したのは、革のエプロンを身につけた、あまり目つきが良いとは言えない三十がらみの男だ。

「こちらがエイゾウ殿の工房で合っているか？」

女性がやはり低い声で尋ねる。開いた扉から少し中を窺《うかが》うと、男の背後に手練《てだ》れらしき赤毛の女が控えている。更にその奥にいる女を見て、女性は少し眉を上げた。エルフだ。

獣人とドワーフ、王国では身分の高いらしい女がいるとは聞いていたが、エルフまでいるとは。

応対した男は、そんな女性の内心などつゆほども知らず、やはりのんびりと頷《うなず》いた。

「ええまぁ。ここがエイゾウ工房で合ってます」

「良かった。私はエカテリーナ。エカテリーナ・ピゾランテという」

「はぁ」

女性は名乗ったが、男は全くピンと来ていないようだ。辿り着いた安堵《あんど》も手伝ってかフードを外すことすらしていなかったことに彼女は気づく。

「ああいや、この名では分からぬか。そちら側には我が名はそう知られておるまい」

女性はフードを外した。褐色の肌、凛《りん》とした顔、頭には大きな角があった。全て魔族の特徴である。

確かに女性は魔族の一人。しかし、普通の魔族ではない。普通ではない魔族の中でも一番普通ではない魔族である。

「余はお前たちから魔王と呼ばれる者だ。確か、誰であろうと一人で来れば、望むものを打ってくれるのであったな？」

男の目が驚きで見開かれるのを、いたずらっぽく微笑《ほほえ》みながら、魔王は眺めていた。

1章　森暮らしの家族

家に帰ると、いつものとおりに荷物を運び入れる。

「これは？」

虎の獣人のサーミャが俺に尋ねる。彼女は元々この森に住んでいたが、熊に襲われて怪我していたところを俺が助けたのだ。

「それはそっちだな」

「わかった」

サーミャが荷物を持っていくと、今度はドワーフで俺の弟子にあたるリケが、鉄石を入れた袋を担いでいた。

「あ、それはそっちに持っていっておいてくれ」

「わかりました、親方」

俺はリケにも指示を出す。布などの生活用品は伯爵家令嬢のディアナ、食材はエルフのリディが運び込んでいる。

外に出ると、馬を欲しがっていた俺にカミロが都合してくれた、走竜のクルルがいた。クルルは久しぶりに荷車を長い距離牽《ひ》くことができてフンスと鼻息も荒くご機嫌だ。

今日は新しくうちで暮らすことになった傭兵《ようへい》（帝国で一問着《ひともんちゃく》あってから傭兵には戻っていないが）のヘレンの分、人手が増えているので、手分けするとあっという間に終わってしまう。

寝具も調達したので、新しく増えた部屋の一方に運び込む。ヘレンの部屋はそこになる。

基本的な身の回りの品については今日新しく調達しておいたので、それでまかなうことになった。足りないものは追い追いだな。

服については「兄さんが家《うち》のをたくさん持ってきた」と言うディアナのを最初はそのまま着てもらって、そのうち手直しするということで決まった。

「街へ行った日は帰ってきたら自由時間ってことになってる。ヘレンも好きにしてていいぞ」

「そうなのか」

「うん」

俺は頷いた。とは言えまだ何もないからできることも少ないとは思うが。

「じゃあ、ちょっと走竜の様子を見てくる」

ソワソワという擬音が聞こえてきそうな態度でヘレンが言った。ずっと気にはなっていたらしい。

「私も一緒に行くわ」

それを聞いたディアナが手を挙げた。ママが一緒なら大丈夫だろう。

「何もないとは思うが、気をつけてな」

「うん」

「わかったわ」

二人は頷くと外に出ていく。俺はその背中に声をかけた。

「ああ、そうだ、ディアナ、今度から夕方の稽古はヘレンにつけてもらえ」

「いいの？」

振り返ったディアナの目がまん丸になっていた。捕まったって言っても、別にヘレンの腕が悪かったわけじゃない。少なくとも一対一では俺より強いのだ。

これはヘレンの自信を取り戻すチャンスにもなるかなと思っているし。

「うん。ヘレンにもその話はしてある」

帝国から帰還する途上でヘレンにその話をしたのだ。最初は少し渋っていたが、俺が頼み込むと意外なほどあっさりと頷いてくれた。

カテリナさんがその話を聞いて「お嬢様はずるい」とひどく羨ましそうにしていたが。

「じゃあ、あとで頼むわね」

「手加減はしねーかんな」

「望むところよ」

「大怪我《おおけが》はしないようにな」

キャッキャとはしゃぎながら出ていく二人を追いかけるように俺は声をかけた。だが、あの様子だとどれくらい届いたかは分からんな……。

これから先を考えれば、うちの戦力が向上するのは歓迎こそすれ否定的に捉えることはない。

女性しかいないので、その全てを女性に任せなくてはいけないところに、元地球人で古臭いオッさんの観念が疑問を投げてくる。

「女だけ、か」

ちょっとした作業をやろうと思い、鍛冶場に入りながら俺はふとひとりごちた。

前にも気にはなったことだが、うちには男は俺ただ一人である。クルルもメスらしいし。特に選ばずにそこそこの期間を過ごしてきて、こんなに女性ばかりと知り合うものだろうか。

いや、マリウスやカミロ、サンドロのおやっさんたち男性とも知り合ってはいるのだが、うちに来るような男性が今のところいない。

この世界に住むそこそこの年齢の男性なら基本的には定職を持っているので、うちに来られるような条件にはならないのも確かではある。

それを考えればうちに来るのが女性ばかり、というのもおかしな話ではないのだが……。それにしても多すぎやしないだろうか。

俺はチラリと神棚を見やった。祀《まつ》ってある女神像の微笑みが、自分で彫ったものなのに意味ありげに見えて仕方なかった。


帰ってきたのは昼過ぎだったので、夕方頃まで軽く鍛冶仕事をした。まだチートに頼っているのと帝国で剣の修理はしていたのもあってか、大きな衰えは感じなかった。これなら明日からまた仕事しても大丈夫そうだな。

一仕事終えてゆっくり片付けをしていると、カランコロンと鍛冶場の鳴子が鳴る。こっちが鳴ったということは、多分ディアナとヘレンが外から戻ってきたのだろう。

住居のほうがにわかに騒がしくなって、やがて繋《つな》がる扉がバーンと勢いよく開いた。

「ありゃ、もう終わってたのか」

扉を開けたのはヘレンである。

「ああ。もう日が沈むし、そもそも大層《たいそう》な作業はしてないからな。なんか用でもあったか？」

「ううん、リケたちに聞いたらこっちにいるって言うから、ちょっと見ようかと思っただけ」

少し残念そうな口調でヘレンが言う。俺は明るめの声で返した。

「明日はお前に手伝ってもらうことがあるから、思う存分見られるぞ」

「え、そうなのか？」

「うむ。あの時約束しただろ？」

ヘレンを助け出すときに俺が言った言葉。もしかすると覚えていないかも知れないな、と思ったが、

「あ、うん。ありがとう」

ちゃんと覚えていたようで、ヘレンは少し俯《うつむ》きながら御礼《おれい》の言葉を述べる。

「それは完成してからでいい」

俺はそんなヘレンの肩を軽く叩くと（彼女のほうが身長が高いのでやや不格好にはなったが）、住居のほうに戻った。

翌朝、日課の水汲《みずく》みをクルルと一緒にする。俺と一緒に水汲みができて嬉《うれ》しそう……なんだと思

う。走竜の表情がわかるわけじゃないから、希望的観測も込みではあるが。

「俺がいない間はディアナがやってくれてたのか？」

「クルー」

水汲みのついでに体を洗ってやりながら、クルルに聞いてみる。返事が返ってきても詳細は理解できないのだが、なんとなく「そうだ」と言っているように思えて、朝から心が和む。

「それじゃ帰るか」

「クルルルル」

〝いつも〟のとおり、俺は肩に、クルルは首から水瓶《みずがめ》を下げて家に戻るのだった。

その後、朝食やら洗濯やらをすませて、朝の打ち合わせである。

「俺は今日はヘレンの剣を作るよ」

「私たちはいつもどおりで良いですか？」

「うん。今日は俺の作業を見学しつつ、合間で板金を作っておいてくれ」

俺がそう言うと、五人の返事が返ってきた。さあ、今日の仕事の始まりだ。

火床と炉に魔法で火を入れる。魔法を使うための原理は俺はよく分かっていないが、特に長い詠唱などが必要なわけではない。

なんとなく力の塊のようなものを引《ひ》っ掴《つか》んでギュッとすると温度が上がって火が点《つ》く、みたいなイメージである。断熱圧縮にイメージが近い。シリンダーに綿を入れてピストンで一気に圧縮するとポンといって燃えるアレである。

これがなければ炭の熾火《おきび》から起こすか、一から着火することになる。熾火の場合はまだマシとは言え、ほとんどライター感覚で使える魔法のほうが楽なのは言うまでもない。

魔法をライターぐらいにしか思ってない魔法使いが、この世界で何人いるのかは疑問だが。

火床に火が回ってきたら、板金を火床に入れて加熱していく。やがて加工するのに適した温度になったところを見計らって、金床に置いて鎚《つち》で叩《たた》く。

最初にヘレンの剣を打ったときは魔力についてよく分かっていなかったが、今はそのあたりを理解している。

なので、きっちりと魔力が籠《こ》もるようにと、丁寧に板金を叩いていった。

板金を熱して叩いて剣の形にしていく。普通のショートソードなら鋳造した本体を整えるのだが、今回は特注なので最初から鍛造だ。

鍛造のほうが鋳造よりも質が良い……とは限らない。それぞれに特性が違うだけの話だ。

俺が鍛造を選んだのは、単にそっちのほうが魔力をより多く籠められるからに過ぎない。

鎚で叩けば叩くほど板金は形を変え、魔力が籠もっていく。熱された鉄の赤と魔力のキラキラでなかなか幻想的な雰囲気を醸し出している。

「一週間とちょっとぶりですが、やっぱり親方は鮮やかですね」

リケがほうっと息を吐いてうっとりしながら言う。そう言うリケも、魔力を籠めるという点についてはなかなかのものになっている。

ドワーフの鍛冶の能力と、エルフの魔力の扱いを両方学んでいるから、将来はとんでもない鍛冶師になってしまいそうに思う。

実際、前回納入した剣はショートソードもロングソードもかなりの質だった。うちの高級モデルを名乗っていいくらいだ。

「リケもちょっと見ない間に腕を上げてたじゃないか。俺もうかうかしてられんな」

「いえ、そんな。まだまだです」

俺は笑って返したが、俺の場合はチートでまかなってしまっている。腕を上げるには新しいことをして習熟を深めていくほかない。

その意味で言えば、リケのほうが伸びしろも限界も上なのではなかろうか。

まぁでも、伝説の鍛冶師の師匠、というのも悪くないな。俺は思わずフフッと笑い、鎚を板金に振り下ろした。

いつものショートソードなら鍔《つば》や握りも鋳造一体成型なので手間なしだが、鍛造でそれをしようとすると当然やたらと手間になる。

握りと剣身は一体にしておいたが、鍔は別の板金を割って、別部品として作る。当然こちらも魔力マシマシの特別な一品だ。

組み合わせたときにちょうどいい塩梅《あんばい》になるよう、チートの感覚で長さを決める。

握り側から剣身の付け根あたりへと鍔を差し込んで、叩いてカシメれば、形は完成だ。

俺はそばでずっと見学していたヘレンにできかけのショートソードを渡した。

「まだ握りに革巻きもしてないが、ちょっと振ってみてくれ」

「おう」

商談スペースあたりのちょっと広くなっているところで、ヘレンがショートソードを最初はおずおずと、やがてビュンビュンと音がするほど振る。

その様子はさながら舞っているかのようだ。世界が世界なら、ダンサーとしても活躍できたんじゃないだろうか。スラッとしてて背も高いし。

俺以外のみんなも手を止めてその様子を見ている。ディアナの表情はかなり真剣だ。あそこから学び取れるものが無いかを見ているのだろう。

今日の稽古はいつもより真剣にやりそうだな。

「どうだ？」

いつまでも見ているわけにもいかないので、俺は声をかけた。ピタリとヘレンが動きを止める。ちょうどショートソードを突き出した格好だ。

「すげぇよ‼」

空気がビリビリと振動しているかのように思えるほどの大音量でヘレンが叫んだ。ヘレン以外のみんながビックリしてすくんでいる。

外からガサゴソと音が聞こえた。多分クルルもビックリしたんだな。気がついたディアナが鍛冶場の扉から外に出ていった。

「振った感じ前のと変わらないじゃん‼」

「そりゃそう作ったからな」

飛びついて来そうな勢いで俺に迫ってくる。決して俺に剣先が向かないようにしているのは、無意識なんだろうが流石《さすが》プロと言うべきか。

「耐久性は前より少し上がっているはずだが、今は試せないな」

というより、うちにいる限りはそうそう試す機会はないだろう。

「じゃあ、本当に前と同じなのか。凄《すご》いな」

「ああ」

ヘレンの言葉に俺は頷《うなず》いた。だが、同じだというのが引っかかる。そう作ったのだから当たり前は当たり前なのだが、俺のチート向上のためにも何か……。

「そうだ！」

俺は思わず叫んでしまう。さっきのヘレンのときと負けず劣らず、みんながビックリしている。

「ヘレン、すまんがそいつは打ち直しだ」

「え、こんなに良いものなのに？」

「ああ」

俺はニヤッと笑った。そうだ、俺にはアレがあったじゃないか。

「アポイタカラと鋼を合わせて作り直す」

「アポイタカラ……？　聞いたことないな。ミスリルなんかとは違うのか？」

ピンときていないヘレンが首を傾《かし》げる。

「ああ。北方産の特別な鉱物なんだが、あまり出回らないからな。知らないのも無理はない。今回はカミロとマリウスの伝手《つて》で手に入れたのさ」

歴戦の傭兵《ようへい》であればある程度の鉱物……というか素材についての知識も持っているようだが、アポイタカラは知らないのか。

まぁ、北方の鉱物と言えば、ヒヒイロカネだろうからな。

「軽くて強い。オリハルコンやアダマンタイトと比べるとどうかな。使うのは一部分だし、驚くほどは変わらないかも知れない」

「それでも変わるんだろ？」

「そうだな。振った感じは同じかも知れないが、一番違うところは……」

「一番違うのは？」

「光る」

「は？」

「アポイタカラは青く光るんだよ」

「そ、そうなのか？」

「あんまり意味はないみたいだけどな」

どうもゴースト系の魔物に有効ではあるらしい（とインストールに該当があった）のだが、出くわす機会はほとんどないだろうし、飾り以上の意味が発揮できることは稀《まれ》だろうな。

「ということで、作り直すからもうちょっと待ってくれな」

「アタイはそれでいいけど……」

「けど、どうした?」

「いいのか?　高いんだろ?」

「家族に渡すものだし、半分は俺の趣味みたいなもんだからな。気にしなくていい」

「なら、いいけどよ」

聞いたこともない鉱物が高い、ということくらいは推測できるのか。うちにある分で金貨三枚(払ったのは二枚だが)もすると思ってるかどうかはわからないが。

「ああ、家族と言えばだ」

俺は昨日作って鍛冶場に置いてあったナイフをヘレンに差し出す。

「こいつもやるよ」

「いいのか?」

「うちの家族はクルルを除いてみんな持ってる」

俺がそう言うと、みんな懐からナイフを取り出してみせた。四人が一斉にナイフを取り出す絵面は、普通の人が見ればちょっと怖いかも知れない。

でも、うちの家族であることの証明の品にはなっている。

すると、ヘレンは俺の前に跪《ひざまず》いた。さながら叙勲される騎士のようだ。

「ありがたく頂戴いたします」

「お、おう……」

俺は呆然《ぼうぜん》とするよりほかなかった。ヘレンはニヤッと笑って俺が差し出したナイフを恭しく受け取った。

「アタイもお偉いさんに謁見するときはあったからな。驚いたろ？」

「驚いたどころじゃないよ」

俺は驚いたままの顔でヘレンに返事をした。俺が驚いたのは純粋にビックリしたのもあるが、もしかして出生に気がついているんじゃないかと思ったのもある。

様子を窺ってみるとそれはなさそうだが、こっちの理由を口にするわけにもいかないので苦笑してごまかすことにする。

「あんまり驚かすなよ。俺の寿命が縮んでしまう」

「それは世界の損失ですよ親方！　親方には一つでも多く作っていただかないと！」

リケが大声でそう言って、あたりが笑顔に包まれた。この家族なら、何があっても大丈夫そうな気がする。

根拠はないが、俺はなんとなしにそう思った。

二回柏手《かしわで》を打って、神棚のところに置いてあるアポイタカラをそっと持ち上げる。

やはり、大きさの割にはずいぶんと軽い。全部使うのなら炉に放り込むところだが、割るので一旦火床のほうに入れて熱する。

やがて温度が上がってきて、なんとか加工ができるところまでいったので、タガネを使って切れ目を入れる。

そうしたら金床に置いて、切れ目のところで折れ曲がるように鎚で叩いていく。かなり力を入れて叩くがなかなか曲がらない。

結構な時間をかけてなんとか曲げたあと、その逆側にも曲げる、というのを繰り返し、苦労しつつ適量を割って切り出した。このあたりの感覚はチートに任せている。

しかし、タガネで切り出すだけでもなかなか骨が折れる。鉄の切りにくさを一とするならアポイタカラは十くらいあるような気がする。普通の鍛冶屋では手も足も出ないのではなかろうか。

産出量が少ないこともあるだろうが、加工のしにくさもあまり世間に出回らない理由なんだろうな。

結局、この日は切り出すところまでで終わってしまった。

なお、その日の寝る直前になって、

「炉で溶かして必要な量ごとに分けて固めればよかったんじゃないか？」

と気がついたが、それはまた別の話である。

2章　迅雷《じんらい》の剣

翌日、水汲《みずく》み、身だしなみ、朝食、神棚に拝礼と一通りの日課を終えて、昨日切り出したアポイタカラに取りかかる。

今回は混ぜ込むのではなく、鋼でアポイタカラをサンドイッチする形で作る。この状態で端を削る、というか刃をつければ、ちょうどアポイタカラの部分が刃となって露出する……はずという目論見《もくろみ》である。

今のところはチートが無理だと言ってこないので、目論見どおりことが運ぶだろうと思う。

運ばなかったらやり直しだが、そのときにサンドイッチされたアポイタカラをどうするか、考えるだけでも頭が痛いので、そうならないことを祈りたい。

はじめに切り出したアポイタカラを、火を入れた火床で熱していき、加工可能な温度をチートで見極める。

熱された金属は普通赤白く光るものだ。それはミスリルでもそうだった。だが、アポイタカラは青く光る。

普通、鍛冶屋はどれくらいの温度なのかを、その色で見極める。火も、金属もだ。

それが通用しないのはかなり厄介だろう。もしかするとこの世界でも扱えるのはごくわずかな職人だけの可能性もある。

加工可能な温度の見極めを一から体得しないといけないからな。

「しかし、綺麗《きれい》だ」

俺は思わず呟《つぶや》いた。ぽわっと青く輝いていて、そこだけ切り取ったかのように色が違う。

「ミスリルとも違うんですね」

リケが俺の呟きに返してきた。熱されて青く光るアポイタカラをじっと見つめている。

「そうだな。この色を覚えるのは厄介そうだ」

俺はチートで分かるからいいが、リケはそうではない。それでも彼女はドワーフなので人間よりはまだマシだろう。

「頑張って覚えます。滅多《めった》にない機会ですし」

「おう、頑張れ」

流石に金貨三枚もするようなものを、ホイホイ買えることはあるまい。

これは俺の手持ちの問題ではなく流通の問題だ。べらぼうに高いということは、それだけ出回らないってことだからな。

手持ちの金の話なら、なんだかんだで十分に持ってるし。

加工できる温度に達したら、火床から出して金床に置いて鎚《つち》で叩《たた》く。

魔力を吸い込んで固くなったりされると面倒だと思っていたが、そんなことはなかった。このあたりもミスリルとは勝手が違う。一応魔力はドンドン吸収しているようには見える。叩くたびに少しずつ燐光《りんこう》を放ちはじめているからだ。

ただ、叩くたびにドンドン固くならないのはいいとしても、そもそもがやたらに固い。魔力をたっぷり含んだときのミスリルよりも固いのではと思うほどだ。

そして、温度が下がるのも早い。すぐに加工できない温度になってしまう。

ということはつまり、ちょっと延ばすだけでも大変な手間がかかるということだ。ほんの少し延ばしただけで、俺はまたアポイタカラを火床に戻す。

「こいつだけで作るなら、ナイフ程度でも金貨で十枚は下らないかもなぁ」

火床でアポイタカラを熱しながら、俺はひとりごちる。

すると、リケに負けず劣らずじっと作業を見ていたヘレンが言った。

「二十枚取れるだろ」

「そうか?」

「ああ。そもそも変わった素材の武器は高値で取り引きされるからな。そこにエイゾウの品質が加わったら天井知らずだと思うぜ? アタイの報酬でも買えない値になってしまうけど、それでも欲しいってやつはごまんといるはずだ」

「なるほど。今後の値付けの参考にするよ」

このところ、作ったものはほとんど全てカミロのところに卸して、あいつの言い値で買い取って貰《もら》っている。

それはもちろん変な値付けをしないだろうという信頼からではあるのだが、こういう変わったものはこっちから値段を言ったほうが買い取りはしやすいかも知れないし、特注品も基本的には相手の提示した金額を貰っているが、それで困る場合には自分で適正な価格を付ける必要もある。

傭兵でこういうものの値段をよく知っているヘレンに手伝ってもらって、ちょっとずつでも覚えていかないといけないな。

火床から取り出して叩くということを何度も繰り返し、夕方にやっと思った長さにできた。

そいつを二つに割る。これもやはり苦労したが、延ばすほどの労力ではなかったのが幸いだろう。

こうして、ヘレンの新しい剣作りは初日を終えたのだった。


翌日、朝の日課を終えた俺はまず鋼に取りかかった。今日はこいつでアポイタカラを挟み込むのだ。

ミスリルを触ったときも思ったが、今回はあのとき以上に苦労したからか、鋼がやたら素直でいい素材のように思えてくる。

実際のところ、打てば響くというか、思ったように延びてくれるのはありがたい。

今のところは普通の鋼を延ばしているだけなので、リケも見学していない。

俺が振るう鎚の音がリズミカルに鍛冶場に響く。ヘレンはディアナと一緒にショートソードの鋳型を作っている。

少し様子を見てみると、なかなかに器用だ。ディアナも割とすぐに覚えたが、やはり自分のよく知るもの（実際はその関連品みたいなものだが）だと、感覚を掴《つか》みやすいのだろうか。

「なあ」

「ん？」

そんなヘレンを見ていたら、彼女のほうから声をかけてきた。

「アタイの前のもこの型に入れて作ってたのか？」

「いや、お前のを作るときは俺が叩いて延ばして作った」

「なんか違うのか？」

「あー……そうだな。叩いたほうが魔力を籠めやすいんだ」

俺は少し迷ったが、正直に話すことにした。

「へぇ、エイゾウはそんなこともできるのか」

「ああ。リケもちょっとできるぞ」

俺がそう言うと、リケがフンッと力こぶを作った。彼女は顔つきの幼さとは裏腹に身体《からだ》は結構筋肉質なので、そこそこの迫力がある。

比率で言えば可愛いのほうが遥《はる》かに高いが。七：三ってとこか。もちろん可愛いほうが七だ。

「でも、良かったのかよ」

「何がだ？」

「アタイに教えちまって」

「家族だから良いんだよ」

そう、ヘレンはもう家族だ。まだ家族になって一週間も経《た》ってはいないが、それでも家族には違いない。

俺がニヤッと笑うと、ヘレンは真っ赤になって俯いた。ヘレンくらい美人なら言い寄ってくる男の一人や二人いただろうに、男の仕草一つ一つが珍しいのか反応が過敏だ。

「私が来た当初を思い出すわね」

その様子を見たディアナが混ぜっ返す。男兄弟が多かったからか、そんなにウブでもなかったように記憶しているが、それを言うとめちゃくちゃ拗《す》ねそうなので黙っておこう。

「ほれほれ、仕事だ仕事だ」

俺が促して、各々自分の仕事に戻っていった。俺ももう一度鋼に取りかかる。

そうして、アポイタカラよりも少しだけ分厚くて小さい鋼の板が四枚できた。

そのうちの二枚を取って、アポイタカラを挟み込み、まとめてヤットコで掴んで火床に入れた。鋼どうしをくっつけるならホウ砂なんかを用意しないといけないのだが、今回はなしで頑張ってみるのだ。

アポイタカラの加工温度はレンジが狭いだけで、鋼の加工温度と重なるところがある。そのギリギリのところを見極める。

一回叩くごとに伸びる量が鉄とアポイタカラでは違うので、その差分も織り込んで加工していかなくてはいけない。腕の見せどころだな。チートを使って、なのが申しわけなくはあるが。

火床から取り出して鎚で叩く。間にアポイタカラが挟まっているからだろう、鋼単体とも違う手応えが返ってくる。

鋼の温度が若干下がりにくいのが功を奏してか、アポイタカラの温度も下がりにくいので、思ったよりは加工できる時間が長く取れる。

長い、とは言っても短いその間にできる限り加工を施していく。鋼のほうにも十分に魔力が行き渡るようにだ。

間に異素材が挟まっていることの不利は大きくは感じない。チートさまさまだ。

昼飯を経て、夕方になる頃にようやっと思った長さにまで加工できた。できたのは二本。もちろん両方とも同じ長さで同じ重さだ。

二つを軽く手で叩いてみる。鋼を叩いた時とは若干違う音……のように感じるがどうだろう。気のせいかも知れない。

これで形を整えて研ぎ出せば、一旦は完了になるだろう。そいつは翌日のお楽しみということにして、この日は作業を終えた。

アポイタカラが鋼でサンドイッチされた板、といった様相のものを火床に入れる。

それはゆっくりと加熱されていき、やがて加工ができる温度にまで高まった。

取り出して金床に置き、鎚で叩く。長さはもう十分なので、ここからは形を整える作業になる。

叩いて剣身の断面は菱形《ひしがた》にし、菱形の頂点で刃にならないところは叩いて平らにしておく。それから剣身の三／四くらいから先を尖《とが》った形にする。

逆の側、持ち手になるほうは細く伸ばしておくだけだ。実際の持ち手と鍔《つば》は鋼で別に作り、あとで固定する。

鎚で叩く音が鍛冶場に響く。この作業自体は普通のものと大して変わらないし、温度なんかはこれまでに見せているから、リケたちは自分の作業をしていて、リケがショートソードを打つ音と、俺の音が混じっている。

以前にも何度かあったことではあるが、今回はどちらも鋼の音ではなくほんの少しだけ、涼しげなアポイタカラの音も混じっていて音楽っぽさを増している。

「鋼が混じってますけど、ミスリルとも違った音がしますね」

リケがそう言うと、リディがうんうんと首を振る。リケは見学してたし、リディはそもそもミスリルの剣を修理した時の依頼主だ。

「そうなのか？」

最初に反応したのはヘレンである。彼女はミスリルを打った時の音を知らない。

「澄んだ綺麗な音だったな」

「そうねぇ」

サーミャとディアナも応える。彼女たちも音を知っている。

「えー、聞いてみたかったな」

ヘレンが口をとがらせた。単にタイミングの問題でしかないが、自分一人だけ知らないというのがつまらないのは分かる。

「まぁ、そのうち機会はあるだろ」

俺は剣を鎚で叩きながら言う。このあたりでミスリルを加工できる職人はそう多くはない。都へ行けば加工だけならできる者がいるのだろうが、魔力までとなるとこの近辺では俺以外にいないのは自惚《うぬぼ》れやチート抜きで間違いない。

なぜなら、そもそも都や街では魔力が少なくてミスリルに籠《こ》めることができないからだ。それが分かってて魔力の多いところに住んでいる鍛冶屋となると、王国中を探してもそう多くはないだろう。

俺も別にそれが分かっててここに住んでいるわけではないが。

ともあれ、そうであればミスリルがこのあたりに流れてきた時に、俺のところまでやってくる可能性はそこそこに高いだろうし、そうなれば音を聞く機会は十分にある。

その時にヘレンがうちにいるかはともかく、いる間に聞かせてはやりたいものだ。

俺がそう言うと、ヘレンはコクリと頷《うなず》いて、自分の作業に戻った。

やはり鋼のみとは違い、アポイタカラをサンドした材料では時間がかかった。それでも昼を回って少しした頃になんとか形が出来あがってくれて、俺は胸をなで下ろす。

その後、鍔と柄《つか》の部分を鋼で作る。こっちは鋼だけということもあって、素早く作ることができた。持ち手には例のデブ猫の刻印も入れておいた。

やはりクオリティも速度も上がっているように思う。自分ではいまいち分からないので、リケに見せてみる。

「どうだろう?　あの時間で作ったにしてはいいできだと思うが」

「いえ、普通に最高級の品と言っていいと思いますよ」

間髪容れずにリケが答えた。実感のない俺は質問を重ねる。

「そこまでか?」

「ええ。この時間でこれを作られたら、心が折れる鍛冶屋もいるでしょうね」

真剣な顔でリケが言うものだから、それを茶化《ちゃか》そうという気が全くなくなってしまう。

「お前がそうじゃないなら良いよ」

「私は親方の最上級を知ってますからね。あそこまでは無理でも、自分が達することのできる限界までは頑張りますよ」

「ほどほどにな」

あんまり根を詰めて倒れたりされても、それはそれで困るし、まだ若い(ドワーフの年齢はよくわからない)のだろうから、先々を見据えてほしいものだ。

その後、剣身の平らにしたところの両面にタガネで彫刻する。前に作ってやったやつに似た感じの、稲妻の彫刻だ。彫刻は鋼の部分を深く削り取って、アポイタカラが露出するようにした。

こうすることで、稲妻が青く剣身に浮き上がることになる。刃と剣身の稲妻が青く光る剣。それの担い手は〝迅雷《じんらい》〟と呼ばれる傭兵《ようへい》である。持ち主の異名にそぐうものになったなら良いのだが。

できた部品と剣身を組み合わせて、柄に革を巻く。一通り、全体の形はこれで整ったな。日が沈むギリギリ前くらいにはなってしまって、リケたちは片付けをしている。

俺は手が空いてやってきたヘレンにできた剣を二本とも差し出す。

「できたぞ。ちょっと日が暮れかけてるが、試してみてくれ。刃は後で付ける」

「お……おお――！」

完成間際のショートソード二本を持って、ヘレンは叫び、その声が鍛冶場に響き渡る。鍛冶場の扉がゴンゴンと叩かれた。多分ビックリしたクルルだろう。

「クルルを宥《なだ》めるついでに外で試すか？」

「良いのか⁉」

「もちろん」

今後は装飾用の刀剣を打ってくれと頼まれる可能性もなくはないが、少なくとも今回のこの剣についてはガチガチの実用のつもりで打ったものだ。

……わざわざアポイタカラを使ったのには装飾的意味が無いとも言いきれないが。

ともかく、特定の個人に使ってもらうための剣なのだ。その使用者が試すことに何の問題があろうか。

俺は立ち上がり、かんぬきを外して、ゆっくりと扉を開ける。意に違《たが》わず、そこにはクルルが心配そうに佇《たたず》んでいた。

「よしよし、ヘレンおねえちゃんがちょっと喜んだだけだから、大丈夫だぞ」

みんなが通れるだけの幅を空けて、クルルの首筋を撫《な》でてやる。

「クルルルルル」

クルルは一声鳴くと、落ち着きをやや取り戻した。〝やや〟止まりなのは俺に続いてみんな家から出てきたからである。遊んでもらえると思っているのかも知れない。

その役目をリケとリディに任せて（クルルのお気に入りはディアナ《ママ》のようだが、他のみんなとも機嫌良さそうに遊ぶ）、俺とサーミャ、ディアナはヘレンの試しの見学だ。

「まだ刃をつけてないから、斬れないのだけ気をつけてくれよ」

俺がそう言うと、ヘレンはひらひらと手を振って応え、そのまま庭の中央まで進んでいく。

俺たちから十分距離をとったことを確認すると、ヘレンが剣を最初は軽く、やがてヒュンヒュンと音がするほど速く手元で回転させ始めた。さながら新体操競技のようでもある。

身長が高くてスラッとしたヘレンがやると、なおさらそんな印象を受ける。素早く二本の剣を振り回していると、時折一本の武器のようにも見えてくる。さっき持ったばかりの剣なのに、何年も扱ってきたかのようだ。

しばらく手元での具合を確認した後、今度は全身を使って剣を振り始めた。一振り一振りの動作がとんでもなく素早い。俺もきっかけの動作はなんとか追えるが、次の瞬間には動作をほとんど終えている。

「いつ来るか分かるか？」

俺はディアナとサーミャに対してどちらへともなく尋ねていた。

「いいえ、あれから毎日稽古で見てるけど、全然分からないわ」

俺の問いに答えたのはディアナだ。彼女は数日とは言っても、夕方の稽古でヘレンとやりあっているにもかかわらず、全く追いつけないらしい。ヘレンの動きの速さがよく分かる話だな。

全身を使った動きを見ていると、今度は踊りのようだ。少しずつ動く範囲を増やしていき、時には流れる水のように、時には荒れ狂う嵐のように動く。

その軌跡をアポイタカラの青い光が追いかけていく様子はまるで雷を纏《まと》った積乱雲かのようだ。

前の世界の定番ネタで言えば「竜の巣だ……」ってところか。

動く範囲、動く速度、その両方が頂点に達した瞬間、

「ハァッ‼」

ほの青い光が二条、空中を数メートルも迅《はし》る。二つ名の通りの迅雷がそこに現れていた。

あれだと刃がついているとかいないとか関係なしに、岩を綺麗に真っ二つにできそうに見える。

ヘレンは剣を振り切った格好で、息を切らせていた。気温が気温なら身体から湯気でも上がっていそうだ。

「どうだ?」

ヘレンがやや落ち着いたところで声をかけた。さっきまでの様子を見ていれば、少なくとも標準より下ということはあるまいが、念《ねん》の為《ため》だ。

彼女はもう少しだけ息を整えたあと、こっちにぐるっと向き直る。なんだか気迫が凄《すご》い。俺もサーミャも、そしてディアナも身体を少し仰《の》け反《ぞ》らせた。

そしてそのままこちらに向けて足を踏み出……そうとして、一旦剣を両方ともそっと地面に置く。

自分の両脇に一本ずつだ。

置いた次の瞬間、ものすごい勢いでこちらに駆け出した。剣を置いた格好がちょうどクラウチングスタートみたいだったから、走り出しやすかったに違いない。

ビックリした俺が動けないでいると、ヘレンはそのまま押し倒さんばかりの勢いで俺を抱きすくめた。身長差もあってちょうど胸のあたりがギュウと締め付けられている。

「最高だよ！　やっぱすげぇなエイゾウ‼」

「いててて！　ちょっとは加減しろ‼」

全く身動きできないまま、俺は抗議の声を上げた。あ、マジで呼吸がしにくいぞコレ。

「ヘレンが迅雷って呼ばれる理由、よく分かった気がするぜ」

そんな様子をよそに、サーミャがしみじみと感想を述べ、ディアナが慌てて引《ひ》き剥《は》がしにかかるのだった。


俺からヘレンを引き剥がすのには、ディアナだけではもちろん無理で、サーミャにリケが加わってようやっとだった。

リディは力のほうはそうでもないので加わっていない。もしかしたら〝眠り〟の魔法でも使ってくれたかも知れないが、前に聞いた話では元々ある眠気を大幅に増大させるだけらしいので、興奮状態では効き目が全くないかも知れない。

もちろん、クルルは加わってない。馬一～二頭分の力があるクルルが必要なくらいだと、ヘレンが人間の限界を超えているとかそういう以前に、俺の肋骨《ろっこつ》と脊椎が危ないだろう。

さっきのでも結構ヤバかったが。ミシって音がした気がする。

「あ、ありがとな」

解放された俺はディアナたちにお礼を言った。前にも似たことがあったな。最初に剣を打ったときだったか、手入れしたときだったか。

俺がこっちに来て一年も経《た》ってないのだから、確実にそれよりは最近のはずだが、なんだか随分昔のようにも思えてくる。

「す、すまん、エイゾウ……」

対するヘレンはしょんぼりしてしまった。色々あってからの嬉しいことだから、その感情を爆発させるのは悪いことではない。

俺がそう言うと、

「俺はなんともなかったんだから気にすんな。嬉しかったんだったらそれでいい」

「うん」

ヘレンは頷いて、少し元気を取り戻した。

翌朝、朝食後の打ち合わせの時に、俺は切り出した。

「今日はいつもどおりとして、明日は休みにして、森へ行かないか？　肉も十分余裕があるんだろ？」

「お、いいな」

最初に乗ってきたのはサーミャだ。

「そうねぇ。たまに狩りは抜きで森を散策するのも良いかも知れないわね」

次にはディアナが相槌《あいづち》を打ってくれた。リディはコクコクと頷いている。リケも異論はないらしい。

「アタイも行っていいのか？」

「もちろん」

ヘレンがおずおずと聞いてきたので、俺は即答した。

長いこと傭兵で一処《ひとところ》にいなかったようだし、こういう生活は久しぶりでどうしていいか分からないんだろうな、きっと。

「じゃあ、そういうことで。もちろんクルルも連れて行くから、薬草や果実は見つけたら採取するか」

「賛成です。狩りや採取のときは、果実はともかく、薬草まではなかなか手が回らないので」

「それじゃ、明日はリディが目星をつけた薬草のところを中心に、森を散策することにしよう。あくまでも休みだから、ガッツリ採ろうと思わなくていいからな」

リディが力強く頷き、他のみんなも返事をして、朝を終えた。

この日は俺は鋳造まで終わっているショートソードの仕上げと、ナイフを数本作るだけにとどめることにした。

リケの作る一般モデル（もうそろそろ高級モデルに近づいてきている）の品は十分に生産できていて、今日の分だけでも十分だし、俺の高級モデルは数本でもカミロは文句を言うまい。

前の世界とは違い、かなり好き勝手に仕事をしているから仕事でストレスが溜《た》まることは基本ないが、それでも翌日が休みだと思うとウキウキしてしまうのは、まだブラック時代の精神が肌身に染み付いてしまっているせいだろうか。

そんな俺の心を反映しているのか、鎚《つち》の動きもなんだか軽い。剣の仕上げもナイフを作るのもスイスイと進む。

「親方ノッてますね」

そんな風にリケに少し茶化されたりもする。それでも全く気にならない。リケに悪意がないことが分かっているのもあるが。

「そうか？　まぁ、明日が楽しみだからな」

「なるほど。なんかそれ以外にもありそうですけどね」

「それ以外？」

「作るスピード、純粋に速くなってません？」

「え、そうか？」

言われてみれば、まだ時間がそんなに経っていないようだ。今日は気分の高揚もあって正確なところが把握できないので、後日また改めて検証が必要だな。

今日はリケはナイフのみを作って、他のみんなはワイワイと板金を生産している。

休みではないが、これはこれでゆっくりした日ではあるな、そんなことを思いながら、一日の作業を終えた。

3章　ピクニック

翌日、日課だけは済ませておいて、出かける準備をしていく。弁当にするのはいつもの甘辛く煮ておいた猪《いのしし》肉を、無発酵パンで挟んだ角煮バーガーみたいなアレである。鶏卵みたいなものがあればもう少しバリエーションができるのかも知れないが、この世界の鶏卵の安全性ってどれくらいのものなんだろうな。

半熟でも不安は残るが、この世界の細菌類が前の世界のサルモネラ菌と同じく七十℃以上で加熱すれば平気なのであれば、いつか入手できるように取り計らってはみたいところだ。

無いものねだりをしても仕方がないので、いつもの弁当をこさえたあとはミント茶を用意して水袋に入れ、雑嚢《ざつのう》にまとめておいた。

森に入るので、みんなも思い思いに動きやすい服装に着替えた。

念の為ではあるが、俺とヘレンはショートソード、リケは短槍《たんそう》、他の三人は弓を持っている。この態勢なら少々厄介なのに出くわしても平気だろう。武力的にも随分と充実してきたな……。

「それじゃ出発するか」

俺の言葉に家族みんながめいめいの言葉で返事してくる。全員が出たことを確かめると、家の扉を閉めて鍵をかけておいた。

外ではクルルがソワソワしながら待っている。昨日話してはおいたが、理解したのかそれともみんなの様子から察したのかはわからない。

いずれにしてもやっぱりこの子は賢いよなと思う。親バカと思わば思え。

そのクルルに雑嚢を預ける。簡易荷車は音が大きいし、どこまで耐えられるかわからない上に、クルルがこういうときは首から下げたがるので、縄を使って雑嚢を首から下げるようにした。

六人分の食料＋水（茶だが）なのでそこそこの重さがあると思うが、クルルは意に介した様子もない。

「荷物頼んだわね、クルル」

ディアナがそう言うと、クルルは機嫌よく「クルー」と一声鳴いて、俺たち六人と一頭は森の奥へと歩き始めた。

空からの陽光がところどころをスポットライトのように照らす中を歩いていく。今日は晴れてよかったな。

そうそう、天気といえばだ。

「もうすぐ雨期が来るんだったか？」

「そうだな。アタシの勘だと再来週か遅くても一ヶ月以内には来る。そこそこ続くと思う」

俺の発した疑問にはサーミャが答えてくれた。恐らくは生まれたときからここに住んでいる彼女の言葉だ、間違いあるまい。

「じゃあ、雨期に入ったら納品を休みにするかなぁ」

荷車のほうは次の納品で布地を手に入れて、幌《ほろ》を作ればいいとしても、クルルに布をかけて合羽《かっぱ》にしたところでほとんど雨ざらしなのは変わらない。

あくせく働く必要もないくらいには貯金もあるわけだし、カミロの側が困るのでなければ、街までとは言っても長距離の移動は避けたいところだ。

「そのほうが良いわね」

「材料も食料も備蓄は十分にありますし」

「じゃあ、そうしよう」

俺もそのほうが嬉しいので、雨期には納品しないことにした。実際にはカミロが困るかどうかだが、まぁなんとかするだろう。

家を出てから一時間ほどゆっくりと森の中を進んだ頃、リディが突然「あっ」と声を上げて走り出した。

俺たちも慌てて後を追う。追いついてみると、少しだけ先に行った蔦《つた》の生い茂るところでリディがしゃがみこんでいた。何かを採っているらしい。

「なんか見つけたのか？」

リディはコクリと頷《うなず》いて、今採ったらしきものを俺たちに差し出した。

「このキノコは貴重な品です」

そのキノコは昼間にもかかわらず淡い燐光《りんこう》を放っている。前の世界でもツキヨタケなんかは光るらしいが、夜間でないと分からないはずだ。

昼間にもかかわらず、光って見えるということは夜間に見たらかなり明るいはずである。

「煎じて飲むと、いろいろな病気に効きます。乾燥させる必要がありますが」

「へえ、便利だな」

俺が答えると、リディは再びコクリと頷いた。そんな便利なものなら慌てて採取するのも分からないではない。

素人がキノコを採ると色々事故の元になるが、リディは森に暮らしていたエルフだ。見間違いはしないだろう。……しないよな？

「アタシはこのキノコ知らなかったなぁ」

サーミャが口をとがらせて言った。黒の森の獣人として知らないことがあるのが気に入らないのだろう。

「あの蔦にしか寄生しないうえに、雨期の前のこの時期にしか生えないんです。水に濡《ぬ》れると溶けてしまいます」

いわゆるキノコの部分は子実体と言って、植物で言うところの花や実を兼ねたものであり、茎や根にあたる部分は菌糸体として土の中に広がったりしているらしいが、このキノコは蔦の中に菌糸を伸ばしてそこから栄養を得ているのだろう。

この世界のこのキノコが前の世界のものと同じようなものであれば、の話だが。

「やっぱりエルフは物知りなんだな！」

ヘレンが遠慮なくそう感心して、リディは気を悪くすることもなく、照れて身を縮こまらせるの

だった。

リディが貴重なキノコと言うだけあって、周辺にある似たような蔦を探したが、結局見つかったのはその一本だけだった。

一本だけでもいろんな病気に効くなら、いざというときにも心配が少ない。うちは森の奥だし、何かあっても緊急時には手遅れになることが多いだろうからな……。

この世界の今の医療レベルは当然前の世界と比べるべくもないが、それでも適した薬品があるかどうかの違いは大きいだろう。

病気といえばだ、俺は疑問を口にした。

「病気を治す魔法ってあるのか？」

魔法の詳しい知識についてはインストールにもない。実際、リディがホブゴブリンとの戦いで見せた魔法も具体的にどんなものなのか、俺は理解していないのだ。

「ありますよ。簡単なものなら使える者は多いはずです」

疑問にはリディが答えた。うちで魔法の専門家と言えば彼女だ。

「簡単、というと熱っぽいのを治すとか？」

「そうですね。頭痛と微熱くらいなら私も治せます」

「そうなの⁉」

リディがコクリと頷く。前の世界でしょっちゅう緊張性頭痛になっていた（肩こりと並ぶ、デスクワークの職業病みたいなものだ）俺としては、羨ましいったらない。

「それでも万能ではないので……」

リディだけでは頭痛や微熱以上の熱が出るような病気は治せない。その時はキノコや薬草……つまりは薬の出番というわけだ。

「都の医者でも頭痛やら腹痛を治す魔法を使えるのがいるけど、やたら高いのよね」

今度はディアナが答えた。都くらいになるとそういうのもいるんだな。

「どれくらいするんだ？」

「頭痛で金貨一枚かな」

「そりゃ高い」

値段を聞いて俺は苦笑した。うちが一回納品して得られる金額を考えたら、それを超えているはずだ。

よほどひどい頭痛ならともかく、日常的に呼びつけるとか専属としてお屋敷に、というわけにはいかない額だな。

「だから普通は薬草やなんかで済ませるわ」

「だろうな」

こちらに来てすぐの頃、解熱の薬草を見つけたが、あんな感じで頭痛に効く薬草があるならそっちのほうが遥《はる》かに安いはずだ。

もしくは薬草どうしを組み合わせて、頭痛に効くように処方するのかも知れないが。

こっちの世界の医者は魔法使いと薬師《くすし》のハイブリッドみたいなもんか。

「あ、ありました」

リディが再び小走りになる。今度は蔦に生えるキノコなどではなく、そこに生えている草そのものに駆け寄ったようだ。

「これは腹痛に効く薬草ですね」

リディはそっとその薬草を摘み取って俺に見せた。ほんのり赤い色をした草だ。

うちの周囲では見たことがない。ちょっと足を延ばした甲斐《かい》はあっただろうか。

「うちの畑に植えられるかな?」

「大丈夫だと思います」

「じゃあ、二株ほど貰《もら》っていくか」

「はい」

リディが小さく頷いた。雑嚢からボロ布と縄を取り出す。なるべく元気なままで運ばないと、草とはいってもかわいそうだからな。

俺とリケ、サーミャとヘレンでナイフを使って草の周りの土ごと掘り起こし、それを布でくるんで、解《ほど》けないように縄でくくっておく。

くくった草はクルルの首に結わえておいた。

「戦利品だな」

「クー」

クルルが嬉《うれ》しそうに身体《からだ》を揺らす。落ちないかと少し心配したが、どうやら杞憂《きゆう》だったようだ。ブラブラと揺れはするが、外れたり土が振り落とされたりということはない。この様子ならクルルが歩いても気がついたら落ちていたりということはないだろう。

ぽっかりと空いた二つの穴は一応塞いでおいた。天然の罠《わな》みたいになって、走っている動物（獣人や人間を含む）が引っかかっても寝覚めが悪いからな。

その後ものんびりと森の中を歩いていく。鳥の鳴き声が響き、風のそよぐ音があたりを包む。そんな中を他愛《たあい》もない話をしながら進んでいくのは、ピクニックというか冒険というか、ともかくそんな感じで男心も十分に刺激されるのである。

無論、本来であれば結構危険な場所ではある。

ただ、今はサーミャというこの森に慣れている狩人《かりゅうど》に、植物全般の知識があるリディ、武力としては最大のヘレンと及ばずながら俺もいるから、勢い安心のほうが勝ってしまう。

そんな弛緩《しかん》した空気を悟ったのかどうなのか、それとも気が抜けたのはフラグであったのか、唐突にサーミャが立ち止まった。明らかに警戒している顔である。

同様にクルルも立ち止まって首を巡らせている。この二人が同時に止まって警戒しているということは、何か危険なものが近くにいるに違いないのだ。

俺たちもそれを察して、それぞれの武器を構えた。

サーミャの黄色の虹彩《こうさい》の中にある丸い瞳孔がキュッと縮まって、その緊張を表していた。

「エイゾウすまない、こっちは風上だったから気がつくのが遅れた。大黒熊《おおくろくま》だ」

弓の準備をしながらサーミャが謝る。サーミャで気がつかないなら、相手が人間じゃなきゃ誰も気がつかないだろう。

だからこそ謝っているのだということも理解はしているが。

俺は短く「気にすんな」とだけ言っておく。

あたりに首を巡らしていたクルルと、サーミャが注視する方向が一致した。

「クルルも分かるか」

「キューゥ」

クルルがいつになく緊張している。最悪の場合は彼女だけでも逃げて貰おう。

基本的には魔力を摂取して生きる走竜なら、この森であれば余裕で生きていけるだろうし。

「こっちから仕掛けるか？」

「いや、茂みのほうにいるからそれは止《や》めたほうがいい」

俺たちが今いるのは下生えがやや少なくなっているようなところだ。サーミャとクルルが警戒している対象は低木が生えているところで、よく見えない。

そちらに向けて俺とヘレンが前衛として前に出る。その後ろには槍《やり》を持ったリケ、更に後ろにディアナ、リディ、サーミャが構える。

「俺とお前で片付くと思うか？」

「アタイも熊とはやったことないからなぁ」

「俺はあるぞ」

「あるのかよ……」

ヘレンが呆《あき》れた声を出す。あのときは槍だったが、今回はショートソードだ。ロングソードを持ってきたほうが良かったかな。

リケと得物を換えることも考えたが、リケのリーチを補うために槍を持たせているのに、それをしては意味がなくなるな、と考え直した。

茂みからガサガサと音がする。俺の鼻にも獣の匂いと、こびり付くような特徴的な匂いがうっすらと届いてきた。血の匂いだ。

俺でうっすら分かるということは、サーミャは色濃く感じているのだろう。後ろにいるから表情を見たりはできないが。

全員の緊張があたりを支配した。一瞬、シンと静まり返る。鳥も虫も全てが息を潜めていて、全ての時が止まったかのような錯覚に陥る。

次の瞬間、茂みから巨体が飛び出した。一気に襲い掛かってくるかと思ったが、俺たちを見て立ち上がった。威嚇行動だろうか。

なんにせよ、そこを見逃す俺やヘレンではない。事前の打ち合わせはなかったが、左右に分かれて駆け寄る。

熊は一瞬戸惑いを見せたが、利き腕が右だったりするのだろうか、そちら側から近寄っていた俺を目掛けて腕を振り下ろす。

以前に別の熊とやりあった時のことが頭をよぎったが、すぐに頭から追い出して、倒れ込むようにしてその腕をなんとか避《よ》ける。

「フッ」

その隙に一気に間合いを詰めたヘレンが短く息を吐いて、二刀流のショートソードを振るった。試しの時にも見た青い迅雷が空間を迅《はし》る。

その迅雷が通り過ぎたあと、熊の左腕はスッパリと切り落とされていた。鮮やかと言うよりほかない。

「グオオオオオ！」

熊が呻《うめ》く。これで恐れをなして逃げてくれればいいのだが、その目は怒りに燃えているように見えた。

その巨体に似合わぬ素早さでヘレンに向き直る。だが、そこへ三本の矢が突き刺さった。どれも俺特製の矢じりだ。恐らくは金属製の鎧《よろい》も貫通するだろうそれらは、熊の毛皮を易々《やすやす》と貫いている。

熊は再び吠《ほ》えると今度はそちらに頭を巡らせようとする。

だが、そこに二条の青い光が迅る。ヘレンのショートソードが再び雷《いかずち》となって熊の首を襲ったのだ。

頭を失った熊の体は、しばらくゆらゆらと動いていたが、やがてどう、と地面に倒れ込んだ。

4章　八人目の家族

倒れ込んだ熊を俺とヘレン、少し離れてリケで取り囲む。

流石《さすが》に首と身体《からだ》が泣き別れになった状態では、魔物だろうと助かりはしないが、念には念をだ。

他の三人は周囲の様子をうかがっている。この隙を狙っている別の獣なりがいないとも限らないからな。

しばらく様子を見ていたが、やはり動き出す様子は全くない。みんなゆっくりと武器をおろす。

「みんな、怪我《けが》はないか？」

俺はそう声をかけたが、返ってきたのは異口同音に無事を知らせる声だ。

まぁ、あっという間にヘレンが片付けてしまったからな。俺が攻撃を避けるために転がった以外に怪我する要素もない。

みんなを見た感じ、返り血などもほとんど浴びてないようだ。それを見て俺の意識も完全警戒から通常モードに切り替わった。

一瞬のことだったが、気を張っていたぶんの疲れがどっと襲いかかってくる。

俺はたまらずその場に座り込んだ。

「この熊は魔物化しかけてたのかな？」

俺は疑問を口にした。

「あまり澱《よど》んだ魔力は感じませんでしたけどね」

と、リディが言う。じゃあ、魔物にはなっていなかったのか。

「大黒熊《おおくろくま》は腹を空《す》かせてるとき、獲物を見つけると次々襲う習性があるけどな」

そう続けたのはサーミャだ。蜘蛛《くも》でそんな習性をもったやつはいるが、哺乳類ではちょっと思い当たらない。

この黒の森は比較的獲物の数が多くて余裕があるからこその習性である気はするが。

「放棄した獲物はどうなるんだ?」

「そのままか、運が良いか悪いかはともかく、戻ってきたときに腹が減ってたら腹ん中だな」

とにかく獲物を多く狩って後から腹を満たしていく方法か。

食いきれなくても狼《おおかみ》なり他の動物なりが始末するし、そうならなくても土にかえっていく肉体は森の養分にはなるだろう。

そう考えるとうまくできているような、そうでないような、自然の仕組みを感じてしまうな。

「エイゾウ」

そんなことを考えていたら、サーミャがやや緊張を維持した声で話しかけてくる。

「どうした?」

「こいつが倒したはずの獲物がどうなってるか確認したほうが良い」

俺にはもう感じとれないが、こいつが現れた時点で血の臭いはしていた。そのときのがこいつのものでないとすれば、それがこいつが倒したものの臭いであるのは間違いない。

それが鹿なのかウサギなのかは分からないが、サーミャが確認したほうが良いと言うならそうしようか。

熊の始末については、食材にできなくはないが森に任せることで一致した。

前の時はこっちから探しに行って倒したから食ってやるのが供養かと思ったのでそうしたが、今回は遭遇戦という違いがある。

つまり、今回の倒し倒されは、人数の差こそあれ完全にお互い様だ、という判断である。

俺は根が生えてきそうな尻を「よっこいしょ」と掘り起こして立ち上がると、みんなでサーミャの指し示すほうへゆっくりと進んでいった。

ゆっくりでも体感的にはさほど歩いていないところでサーミャが足を止めた。

「このへんか？」

俺が聞くとサーミャは無言で頷く。

俺はみんなに合図をして、あたりの捜索に移っていくが、サーミャとクルルはともかく、他のみんなは鼻が利くわけではない。森の知識が豊富なリディが多少変化に気がつきやすい程度の話である。

多分俺たちよりもサーミャが見つけるほうが早いだろうな。

その予想に反して、声が聞こえた。

俺たちは慌てて駆け寄る。そこにあった……いや、いたのは狼であった。それも二頭である。片方は大きな体躯《たいく》をもった立派な大人だったが、身体の中心あたりが切り裂かれている。

既に事切れているのだろうか、ピクリとも動かない。チラッとサーミャを見たが、首を横に振った。こっちは駄目か。

もう一頭はさっき聞いた声の主だ。かなり身体の小さな、子狼と言って良い大きさの狼だ。彼か彼女か分からないが、とにかく今もキャンキャンとこちらに向けて威嚇をしている。事切れている狼はこの子狼をかばったのだろうか。

「お前が言ってたのはこの子のことか」

サーミャに聞くとコクリと頷く。親を失った子狼か。血の臭いで寄ってきた別の獣が仮に狼であっても、別の群れの子供を保護してくれるかどうかは分からない。

それ以外の獣が寄ってきた場合は言わずもがなだ。

気がついてしまった小さな命をこのまま見殺しにするのも忍びない、と言われれば俺も無視できるかは怪しいものだ。

チラリとみんなを見ると、一様に期待したような目をしている。俺はため息をついて言った。

「分かった、助けよう」

俺はこの子狼をどうすれば無事にここから連れて帰れるか、それを考えることに集中した。

子狼は子犬のような声で俺たちに向かって吠え続ける。この声で他の獣なりが寄ってくるとまずい。

俺たちはともかく、この子も危険に晒《さら》すことになる。なんとか早く黙らせるなりしないとな。

「ご飯あげたらついてくるかな……」

俺はボソリとつぶやいた。そんな簡単な話なら良いんだが、多分それはないな。

「……来ると思うぞ」

つぶやきに同じくらいの声量で返してきたのはサーミャだ。

来るのかよ。さっきの熊の肉を切り取っておけば良かったな。

この子の体には良くないが、仕方ない。クルルの首に下げている雑嚢《ざつのう》から弁当を取り出し、角煮バーガーの肉だけを抜き取って、見せながら少しずつ近寄る。

子狼はほんの少しだけ後ずさりをしながら、今も俺に向かって吠えている。

ある程度近づいたところで、子狼が吠えるのをやめて鼻をヒクヒクさせ始めた。とりあえずは鳴き止《や》んでくれたので一安心ではある。

俺はゆっくりと地面に肉を置いて、手の届かないところまで離れてそっとしゃがんだ。子狼が鼻をヒクヒクさせながらジリジリ、ヨタヨタと置いた肉に近づいてくる。

そして肉に辿《たど》り着《つ》くと、慎重に肉の匂いを嗅いでいる。その後、すぐにハグハグとがっつきはじめた。動物の子供がハグハグ食べてるところは可愛《かわい》いな。

それは俺の肩のＨＰがガリガリ減っていることからも分かる。可愛いのは十分よく分かるから、そろそろ止めようなディアナ……。

やがて食べ終わった子狼は、じっとこちらを見つめはじめた。俺たちが手出しをせずに見守って

いると、やはりヨタヨタとこちらに近づいてきた。

手の届く範囲まで寄ってきたところで、子狼はおすわりをする。そこから更に近づいてくる気配はない。

ええい、ままよ。俺は思い切って、しかしゆっくりと手を差し出した。

もしこれで噛《か》まれてしまった場合、狂犬病のような病気を持っていたら、その時点でアウトだから結構なギャンブルである。チップは俺の命だ。

ゆっくりと差し出した手を子狼はクンクンと嗅いだ。とりあえず第一段階はクリアか。

しばらく嗅がせていると、尻尾をパタパタ振りはじめたので、手をゆっくりと動かして頭をそっと撫でた。特にビックリして逃げるということもなく、気持ちよさそうにはしている。

「よしよし、いい子だ。俺たちについてくるか？」

俺は子狼の目を覗《のぞ》き込《こ》みながら言った。子狼は俺を見返す。だが、少し後ろに下がっていく。チラリと見たそこには親の姿があった。既に事切れていることは、この子もおぼろげながら認識しているように見えるが、それでも、ということだろう。

そうして少しの間、俺と親との間で視線を行き交わしていたが、やがて、尻尾を振りながら、

「ワン！」

と元気よく一声鳴いた。そっと抱き上げるが、抵抗もされない。この隙に俺たちはここから離れることにした。

恐らくは親であろう狼の亡骸《なきがら》をどうするかは迷った。相談の上、簡単にではあるが、埋葬してお

くことにした。道具がなく、あまり深く掘れないので掘り返されてしまうかも知れないが、できるだけのことはしておいてやろう。

少しだけ盛り上がった土塚に、木の枝を立てた簡素な墓。それに俺たち家族は手を合わせて、冥福を祈り、預かった子を育て上げることを誓った。

やや早足で家に帰る方向へと森を進む。今日のピクニックはもちろん中止である。

抱っこした子狼は強い強い希望でディアナに預けた。子狼は視点が高くなったからか、興味深そうにキョロキョロとあたりを見回したり、匂いを嗅いだりしている。

逃げ出そうとする気配はない。むしろ、楽ちんと思っているかのようだ。

手が空いた俺とヘレン、そしてサーミャの三人とクルルで警戒しながら進む。

「随分早く懐くもんだな」

ディアナのほうをチラッと見て、俺は言った。隣でさっきの子狼のように鼻を動かして、臭いを警戒しているサーミャが答える。

「こいつも親が死んだのはなんとなく理解してるんだよ。あそこに留《とど》まってたのは、どうしたらいいか分からなかっただけだろ」

「そこでご飯くれたから、この人たちは大丈夫、ってことか」

サーミャが小さく頷く。俺は話を続ける。

「森狼も群れでいると思ってたが、親と子供だけだったな。はぐれたのかね」

以前に見たときも親と子供だけだったが、あれも近くに他の兄弟姉妹なり群れなりがいたはずだ。

少しの間はぐれてしまうことはあっても、完全に群れから離れて行動しているというのは考えにくいように思える。

俺の言葉にサーミャは首を横に振る。はぐれたわけではないのか。

「あいつはこの時期の子供にしちゃ体が小さい。何か問題があったんだろうけど、普通そういうときは母親は子供をほったらかしちまうもんだ」

「それをしなかった？」

サーミャが今度は大きく頷《うなず》いた。

「理由まではわかんないけどな。それで群れを追われたかしたんだろ。足手まといがいると群れ全体が危険になるから、それ自体はおかしい話じゃない。それで森を彷徨《さまよ》っている間に熊に出くわしたってとこだろうな。本来は鼻が利くのに熊に気がつかなかったってのは、母親もよほど切羽詰まってたか……」

「俺たちが見なかっただけで、熊の獲物を横取りしようとしてた可能性もあるか」

「そうだな」

うちで足手まといになるってことはないし、強いお姉さんたちもいる。新しく命を迎えることには必ず責任が発生するが、この子に関して言えば、少なくとも成長するまではその責任を全うできるだろう。

ディアナのほっぺたをペロリとやって喜ばれている子狼を見て、俺はそう思った。

帰りは家族全員の警戒もあってか、特に危険なものに出くわすことなく家まで辿り着くことができた。

ディアナが俺に促されて子狼を下ろすと、興味深そうにあたりを駆け回る。

「見えないところには行くなよ」

まるでネズミ花火のようにウロチョロと走り回る子狼に俺が声をかけると、ピタッと止まってこっちを振り返り、

「ワン！」

と返事をしたあと、再び走り始めた。お利口さんだ。

クルルから荷物を外すと、クルルが子狼のほうへ歩き始めた。あの子の面倒を見ようということだろうか。

うちで言えばすぐ上のお姉ちゃんだもんな。うちに来た順番で言えば間にヘレンが挟まってなくもないが、年齢上はおそらくはヘレンのほうが上だ。

クルルとサーミャで言うと、ギリギリでサーミャだろうな。彼女は獣人年齢で五歳だ。クルルは多分それよりは幼いような気がする。

竜の年齢なんて分からないので、ただの勘だが。もしかすると百八十歳とかの可能性もある……のか？

子狼が一番年下なのは確実だし、それよりは間違いなく上なのだからクルルお姉ちゃんでいいだろう。

「じゃあ頼んだぞ、クルルお姉ちゃん」

そう声をかけると、クルルは「クー」と一声鳴いて、子狼が走り回っているあたりへゆっくりと向かっていく。

ディアナが一緒にふらふらと向かっていきそうだったが、咳払《せきばら》いをして食い止めた。良かった、まだ理性が残っていたか。

クルルから下ろした荷物を倉庫に運び込んだ。例のキノコと薬草を乾燥させるために干しておく。ついでに干しただけの肉をいくらか切っておいた。あの子狼の分である。

結局食わなかった弁当はみんなで話して、庭で食うことにした。

家まで戻ってきたので、茶は少し温め直して、その間に干し肉も茹《ゆ》でて柔らかくしておく。狼が何ヶ月で固いフードでも大丈夫になるのかは知らないが、恐らくはまだ控えたほうが良い年齢だと思う。

なので柔らかい肉を用意するというわけだ。今後は獲物を獲《と》ったときに生肉を多めに残しておかなきゃな。

庭にレジャーシート代わりの布を敷いて、その上に弁当やお茶、子狼の分の肉を準備する。

匂いを嗅ぎつけたのか、あるいは準備する様子から察したのか、少し離れたところでクルルと遊んでいた子狼がこちらへ向かってきた。呼ぶ手間が省けて助かる。

めいめいにシートの上に座ると、子狼はディアナの隣にお座りした。そこに味付けも何もしていない、茹でて柔らかくした干し肉を置いておくと、早速食べ始めた。

まぁ、待てを覚えさせるのもまだ早いだろうし、とりあえずは何も言わずにおく。

我々人間組はいただきますをし、クルルはシートのすぐ脇に寝そべった。彼女はあまり食わないからな。

「さて、この子の名前を考えないとな」

ハグハグと肉をがっつく子狼を見ながら俺は言った。

「エイゾウは良い案ないの？」

ディアナが聞いてくる。俺はおずおずと口を開いた。

「いや、俺は……」

「エイゾウは名付けのセンスが全然ないんだよ」

サーミャがあっさりとネタばらしをした。俺は両手で顔を覆う。

「親方が……」

「そうなんですね……」

リケとリディが優しい声音で話しかけてくるのが聞こえる。俺はますます縮こまった。

「まぁ、そんなわけで、アタシたちで決めるのが良さそうだ」

サーミャがそう言って、話を前に進める。俺は顔から手を離した。

「この子は雄雌どっちなのかしら？」

そう言いながら、ディアナは早くも肉を食べ終わった子狼を抱き上げて、股間のあたりを確認する。横からはサーミャが覗き込んでいる。

「ついてないな」

「女の子ね」

サーミャが確認して、ディアナが後を引き取る。また女の子が増えたのか。そろそろ、俺以外の男が増えてほしいところなんだが……。

一応、俺も頭を捻《ひね》る。下手の考え休むに似たりではあるが。

「ルーシー」

みんながうんうん唸《うな》って名前を考えていると、ボソリとリディがつぶやいた。

なるほど、ルーシーね。

「可愛らしくて良いんじゃないか？」

俺は素直な感想を口にする。サーミャやディアナ、リケにヘレンも異論はないようだ。

ディアナは子狼を下ろすと言った。

「じゃあ、あなたの名前はルーシーね」

「ワン！」

こうして、子狼改め、ルーシーがうちの家族に加わった。


ルーシーがあたりを走りたそうにしていたので、例によって「見える範囲でな」と言うと、元気よく返事して走り始める。

うたた寝をしていたクルルもそれを察したらしく、のそりと起きてゆっくりと後を追い始めた。

ルーシーもちゃんと言いつけを守って、俺たちの視界からは離れないようにしている。本人（本狼？）も俺たちの見えないところに行ったら危ないのはなんとなく理解してるんだろうな。

そうやって走り回る姿を見ながらのメシはなかなか楽しいものになった。

のんびりした昼食を終えて、俺とサーミャが横になる。他のみんなは座ったままで、なんだか外国の公園でのんびりしている家族みたいだ。

「ルーシーの小屋どうするかなぁ」

俺はつぶやいた。別に家かクルルの小屋でも十分な気はするんだが、専用の犬小屋ならぬ狼小屋があっても良いかも知れないな。ＤＩＹの基本って感じもする。

いや、もう部屋の増築とか走竜の小屋まで建てておいて、ＤＩＹの基本もなにもないのも確かではあるが。

「いらないんじゃない？」

そう言ったのはディアナである。

あれは多分、家にいさせれば良いとか思ってるな。

「貴族が狩猟犬を飼うときは、家に入れるのか？」

「いいえ？　うちでは飼ってなかったけど、飼ってる家は一頭や二頭じゃきかないから、専用の建物と管理人を置いてるわよ」

「そりゃそうか」

貴族様の狩りともなれば、広大な野山なんかでやるんだろうしなあ。一頭や二頭じゃカバーできないだろう。

そんな数になったら専門家でもいなければ管理しきれないのは自明だ。その分の管理費もかさむだろうし、貴族様というのも大変だ。

「獣人は……飼うとしてもねぐらに一緒か」

「アタシたちはねぐらを時々変えるからな」

「だな」

サーミャ……というか獣人たちはねぐらを変える。時々変えるなら、そのたびに小屋を作ったりはしていられないだろう。

であれば、飼うなら基本的にねぐらで一緒に生活することになるはずだ。

「ドワーフは？」

「犬を飼ってる工房はありましたけど、基本番犬なので、小屋を作って外ですね」

「ドワーフだとちゃちゃっと作りそうだ」

「それもあります」

リケたちドワーフはドワーフで思った感じの答えだ。家の増築なんかもやるってくらいであれば、チャッチャと犬小屋くらいは作ってしまうのは分かる。

「エルフは……」

「私たちは村の共有財産みたいになりますね。森に集落があるので。なので、小屋のようなものもなく、犬や狼の気の向いたところにいるというか、共存しているというか……」

「なるほど」

リディはやや食い気味に答えた。エルフの場合は単に犬や狼が村に居着くみたいな感じになるのか。前の世界から引きずっていたエルフ観に合致する感じの情報が久々に来たな。

「傭兵《ようへい》生活してると、犬を飼う手間はかけられないか」

「飼ってるやつはほとんどいなかったなぁ。たまにいたけど、宿に入れないから、ずっと野宿で平気なやつでないと無理だ」

逆に言えば、犬のために野宿で我慢しているやつがどこかにいるかも知れないということである。人間のペットに対する愛情は底が知れないな。

その後も色々話したが、結局、小屋は作らないことと特にどこかにつないだりはしないことに決まった。

まだ子狼なのだから、つなぐだけはしておいたほうが良いのではないか、とディアナが言ったし俺もそう思ったが、今走り回っている様子を見ていてもクルルが誘導したりするまでもなく、俺たちの視界の外に出ないように……つまり、ルーシーからも俺たちが見える範囲でしか走り回ってないので、平気だろうという判断である。

あとはクルルと同じく、万が一の場合はここを放棄して逃げてくれるようにだ。

それに、もしルーシーが野性に戻りたくなったなら、ディアナは反対するかも知れないが、俺はそれでもいいと思っている。その時は自由に帰っていってくれてかまわない。

なんとなくではあるが、そうはしないだろうという予感はある。しかし、どうするのかは成長した彼女に任せたい。狼だけど。

のんびりとした空気が流れ、ルーシーが電池が切れたように突然クルルに寄りかかって寝た（俺の肩のHPが減った）ところで、その様子を見ながら俺は言う。

「いざってとき、家はどうとでもなるけど、自分の身と、何よりみんなを守るのもかねて、俺の武器を作る必要があるかもなぁ……。うちには子供も増えたことだし」

ヘレン救出作戦のときは潜入だったから目立つ武器を持っていこうとは思ってなかったが、カミロに頼んで持ち込もうと思えば持ち込めた。

それに今回のような場合にも役に立つような武器が一つあったほうが良いようには思うのだ。

「リーチ重視ですかね」

リケがワクワクした声で聞いてくる。武器の話だしな。

「あんまり長いと持っていきにくいだろうから、長柄武器はなしだな」

「とするとロングソードですか？」

「うーん……」

俺は首を捻った。長さや使い勝手で言えばそれぐらいなのかも知れないが、なにかピンとこない。

「あの魔族に作ってあげてたのは？」

俺とリケでうんうん唸っていると、ディアナが何気なく言った。

「それだ！」「それです！」

俺とリケは揃《そろ》って賛同した。その手があったな。

こうして、俺は二振り目の刀を打つことに決めたのだった。

俺の刀を作る。その響きだけでもワクワクはするが今日はお休みだ。

休めるときにはしっかり休んでおく。良い仕事の鉄則である。

思えばこっちに来た当初は生活がかかっているのもあったが、随分とあくせく働いていたような気がする。

今は食っていくだけなら週に三日も剣を打てば困らない。

リケが手伝ってくれるなら、俺の分担は高級モデルをいくらかだけで良いから、一日打てば事足りてしまう。

まぁ、それも安定して買い取ってくれるカミロがいてくれるおかげではあるのだが。

そこそこの長旅から帰ってきたところだし、ルーシーも来たばっかりなので、もう少し先の話にはなってくるが、今回みたいなピクニックではなく、どこかへちょっとした旅行にでも行こうかな。

もちろん、みんなの同意が得られたらだが。

長らくそうしてのんびりしていたら、日が傾いてきた。家に帰ってきたのも昼を少し回った頃だったから当たり前ではあるんだが。

みんなでぱっぱと片付けて、家に入る。クルルも小屋に戻っていく。ルーシーはというと、今のところは俺たちと一緒に家に入る気でいるらしい。

それでも、一番初めにサーミャが入っていったのを見てからだったから、警戒心がないわけではないようだ。

おずおず、といった感じで家に入ったかと思うと、しきりに周囲の匂いを嗅いで、あちこちをうろつき始めた。

今のところ火が入っているものもないし、危ない刃物は片付けてあるので、とりあえずは好きにさせておく。

居間と台所を一周したら慣れてきたのか、俺の部屋の扉を前足でカリカリし始めたので、開けて入れてやる。

やはり匂いを嗅ぎながら部屋の中を一周して出てきた。同じことを客間とみんなの部屋で繰り返したあと、居間の隅でぺたりと寝そべった。どうやら家の匂いは覚えたので、居心地のいいところで過ごす、ということらしい。

しかし、それもすぐに終わりを告げる。ディアナとヘレンが自分の部屋から木剣をもって稽古に出たからだ。ルーシーは慌てて二人の後を追っていく。

家に残った俺を含むみんなは体を拭いて清めた。稽古に出た二人はまた後だ。

俺は夕食の準備をする。だが今日は昼飯が遅めだったので、その分の量は減らしてある。手を抜くことも考えないではなかったが、ディアナとヘレンの二人は稽古をするから腹が減るだろうし、それで二人だけのために用意するとなると遠慮しそうだからな。

先に干しただけの肉を鍋で茹《ゆ》でて戻しておく。このうちのいくらかはルーシーの分だ。人間が食べる分は根菜と塩漬け肉、調味料なども加えて煮込む。

ただし、無発酵パンはディアナとヘレンの分だけにしておいた。あれ、意外と腹にくるんだよな。

やがて外からディアナ、ヘレンとルーシーが戻ってくる。ルーシー以外の二人は自分の部屋へ汚れを落としに行った。

ルーシーはさっき見つけたお気に入りのところで横になっている。そのうち毛布かなにかを敷いてやるか……。

テーブルに料理を並べたあと、ルーシーの肉を皿に入れてテーブルのそばに置いてやると、キョロキョロとみんなを見回して皿の前にちょこんと座る。

そして、座ったまま食べ始めようとしない。昼飯のときにすぐ食べたのはよほど腹が減っていたのか。ちょっと悪いことしたかも知れないな。

ひとまずお利口さんは褒めてやらないと。

「お、待っててくれるのか。お利口さんだな」

俺がルーシーの頭から首のあたりを撫《な》でてやると、ルーシーはパタパタと尻尾を振る。

皆が座っていただきますをするとルーシーも食べ始めた。ディアナの目がキラキラしている。今は離れて座っているので俺の肩は無事だ。

「前にサーミャに教えてもらったが、森狼って頭いいんだなぁ」

「だろ？」

ルーシーは何かで親と一緒に群れを追われたか見捨てられたあと、熊に出くわして親を失ったという経緯があって、うちに馴染《なじ》もうとしているがこれは例外なんだろうか。

飼って飼えないことはないんだろうが、簡単に飼えるならそれこそ犬と同じ立ち位置になってくるだろうし、そこそこ珍しい例ではあるんだろうな。

夕食が終わって片付けを始めると、ルーシーが外への扉をカリカリし始めた。

「どした？　なんかあるのか？」

片付けの手を止めて扉を開けてやると、外に出て鼻をヒクヒクさせたあと、トテトテと歩き始める。

気になってついていってみると、向かう先はクルルのいる小屋のほうだ。

「ああ、クルルお姉ちゃんと寝たいのか」

俺がそう言うと、ルーシーは立ち止まって尻尾をパタパタ振った。ディアナのところに行けば多分ベッドに入れてくれるとは思うが、本人の意向だし別に止めないといけないことでもない。

「よしよし、それじゃあ、おやすみな」

しゃがみこんで頭を軽く撫でてやると、ルーシーは尻尾をふりふり、再び小屋に向かっていった。

翌朝、起き出した俺はいつもの通りに水瓶《みずがめ》を肩に担ぐ。外に出ると、待っていたのはクルルとルーシーだ。

「お前も起きてきたのか」

俺が声をかけると、ルーシーは尻尾を勢いよく振りながら、一声吠《ほ》える。

あまり大きくない声だ。他のみんながまだ寝ているのを察しているんだろうか。

「よしよし、じゃあクルルお姉ちゃんと一緒に行こうな」

俺はクルルの首に水瓶をかけてやると、一人と二頭の水汲《みずく》みの旅（徒歩三十分くらい）が始まった。

朝の森は空気が少し澄んでいるように感じる。昼よりも気温が低いせいだろうか。

思い切り息を吸い込むと、その爽やかな空気が肺を満たして、まだ半分夢うつつだった脳が暖機運転を始める。

それにしても、日が昇りきらない中を人間と竜と狼の変わった一行が進んでいく光景は、よそからだと奇異に見えるだろうな。でも、これがうちの家族なのだ。

湖に着いたら先に水を汲んでしまってから、水浴びをする。クルルも身体を拭いてやり、ルーシーも……と思ったら彼女は自らバシャンと湖に飛び込んでいた。

せっかくなのでそのままワシャワシャと毛を引っかき回して洗ってやる。気持ちよさそうにはしていたので、時々は洗ってやるか。

俺の身体も拭いたやつだが、持ってきているタオルを固く絞ってからルーシーの濡《ぬ》れた身体を拭いてやった。

当然、完全には拭ききれないだろうが、濡れっぱなしよりはマシだろう。

明日からはルーシー用に別のタオルも用意してやらないと。洗う洗わないによらず、湖に飛び込んだときには拭いてやらないといかんからな。

飛び込まなかったら、そのまま持って帰ればいいだけだ。

その後は普通に家に戻ってきた。クルルから水瓶を回収し、俺の分と合わせて家の中に運び込む。それを見たクルルはいつもどおり小屋のほうへ戻っていったが、ルーシーは俺と一緒に中に入る。

「ああ、メシか」

今日から朝飯を作るときにはルーシーの分を先に用意してやる必要がある。

と言っても、単に干し肉を先に何も入れない湯で茹でて戻してやるだけだ。昼は昼でまた茹でてやればいい。

昼は狩りの次の日――つまり生肉が手に入る日はそっちになるだろうが。

鍋を二つ用意して俺たちのメシの分と、ルーシーの分を分けて茹《ゆ》でる。ルーシーの分は水を少なめにすれば沸くのも早いし、無発酵パンの準備をしていればちょうどくらいには準備ができるだろう。

もったいないのでルーシーのメシを茹でたお湯はそのまま俺たちのほうに足しておく。多少は出《だ》汁《し》が出てるだろうし。

ルーシーが早く早くと急《せ》かしてくるのを宥めつつ、茹で上がった肉を細かく切って冷ましている間に、朝飯の準備は終わりだ。

ルーシーも含めた全員で（ルーシーは待っているだけだが）いただきますをしたら、いつもの朝食の風景である。

いつもと変わらぬ、しかしほんの少しだけ賑《にぎ》やかになった風景がそこにはあった。

朝食を終えたら、日課の拝礼をして作業開始だが、危ないのでルーシーは外にいてもらうようにした。

鍛冶場の扉を開けると、外にクルルがいたので彼女に任せることにする。

「なんかあったら扉を叩《たた》くんだぞ」

「クルル」

「ワン」

俺の言葉を理解しているのかいないのか、俺がそう言うと二人とも元気よく返事をした。さあ、仕事だ。

神棚の近くに鎮座させてあったアポイタカラを、柏手《かしわで》を打って拝んだあと手に取る。

ヘレンの剣にも使ったが、まだ俺の刀を一振り打つくらいの量はあるだろう。

……少し心配になってチートでも確認したが、なんとかいけそうだ。

塊を丸ごと火を入れた火床に突っ込んで加熱する。まるでそこだけが温度が低いかのように、アポイタカラは青く輝いている。

だがしっかりと温度が上がっていることをチートでつかみ、加工できる温度になったら取り出して叩く。

キィンとガラスのような、氷のような音が鍛冶場に響き渡った。

その音を聞いて、滅多《めった》にないアポイタカラの加工を見学しているリケが言う。

「やっぱりきれいな音がしますね」

「ミスリルともまた少し違うな」

俺はそう返した。ミスリルの場合はもうちょっと澄んでいて高めの音がするのだ。

このあたりの聞き分けができるのは鍛冶屋としては滅多に無い機会ではあるだろうな。

他の皆は板金を作っている。サーミャとディアナは板金くらいなら鎚《つち》を持たせても平気になっているし、リディとヘレンが手伝えば心配はない。

そちらのほうは聞き慣れた音だ。あれはあれで好きな音ではある。

その音とセッションするかのように、俺は青い輝きに鎚を振り下ろした。


一日かけて、アポイタカラから不純物が取り除かれた細長い板ができた。日本刀の工程で言えば素延べまでが終わったことになる。

ミスリルよりも加工の難易度は高いはずで実際難しくはあるのだが、想定していたよりはスムーズに作業が進んだ。

チート頼みとは言っても俺の腕前も上がっているのではなかろうか、という予想はあったが、その通りになっていると少し嬉しいものがあるな。

それまでちょくちょく新しい武器を作ってきていたこと（最近はご無沙汰だが）、ミスリルとアポイタカラという二つの特殊な素材を扱ったことが影響していそうだ。

いくらチートが扱えると言っても、その通りに身体が動くかは少し別、みたいな感覚だ。

これからの工程は基本的には以前に魔族のニルダに刀を打ってやったときと変わらない。

〝基本的には〟というのは、いくつかの工程や作業を飛ばすからだ。

例えば、もう既に皮鉄《かわがね》と心鉄《しんがね》を造って組み合わせる工程は飛ばしている。鋼と違って総アポイタカラ製の場合はそうする必要がまったくない（ニルダのときも実際の意味はなかったけれども）ので、やらなかったのだ。

同じ理由で焼入れもしない。となると、反りは焼入れの時の具合ではなく、火造りが終わった段階で決まっていることになる。

それを刀と言っていいのかは議論の余地があるかも知れないが、「折れず、曲がらず」を満たしているし、今回はそれで刀と呼ぶことにしている。

この日もルーシーは夕飯を一緒に俺たちと食べて、寝るときはクルルのところへ行った。もしかしたら、本人的には小さいなりに番犬代わりをしようとしてくれているのかも知れない。問題はこの家に近づけるものは人も動物もそうそういないということだが。

まぁ、番犬よりも単にクルルお姉ちゃんと一緒がいいってだけの可能性が高いな。多分まだ子供なのでそのへんは無理しないでほしいものである。

翌朝、クルルとルーシーと水を汲みに行く。ルーシーは俺の少し先を歩いている。クルルの近くには寄らないので俺もクルルも歩きにくいということはない。

気を使ってそうしている様子も窺える。昨日の今日でここまで学習しているとしたら、ルーシーは相当頭がいいことになるな。

今日はルーシーは湖に飛び込まなかった。なので、固く絞ったタオルでクルルのように軽く体を拭いてやるだけにしておく。

戻ってきて朝の準備を済ませたら、今日もクルルとルーシーは外、俺たちは鍛冶仕事だ。

俺は刀の火造り、リケたちは剣を作っていくことになっている。アポイタカラの加工自体は昨日散々見せたからなぁ。

今日も見せたほうが良いのかはかなり迷ったし、見せるに越したことはないとは思うのだが、本人も、

「これ以上はちゃんと自分でできるようになったほうがいいと思います」

とのことなので、俺が一人で刀に取りかかることになったのだ。

前のときと同じように細長い、断面が長方形の板の状態からアポイタカラを熱し叩いて、断面を五角形にしていく。

昨日の時点で魔力は入れきったと思っていたのだが、五角形にしていく段階でドンドン入っていくのがわかる。

つまりはその分ドンドン叩きづらくなっていくということだ。

少し緩みかけていた意識を引き締めて、俺はアポイタカラに鎚を振り下ろした。

結局この日は切先《きっさき》や反りなどを造るところまでは進めなかった。薄い断面が五角形のアポイタカラの板、までだ。

「こいつは厄介だな……」

ヘレンの時は板までで良かったからまだマシだったのか、それとも他の理由なのか、この先、茎《なかご》や切先を作るのも苦労しそうである。

リケたちはいつもより少し速いペースで剣を作っていた。

リケやサーミャ、ディアナにリディ、そしてヘレンがああやって手伝ってくれているからこそ、俺がこうやって好きに物を作ることができている。

俺としては稼いだ金も共有物だと思っているが、生活用品以外では彼女たちが何かが欲しいと言うことはない。

今のところそれに甘えてしまっているのが実情だ。

ここらでなにか一つ恩返しでもするか。後片付けをしながら、俺はぐるぐると思考を巡らせるのだった。


翌日、なんとか五角形にできた刀身を整えていく。今日も工程自体は変わらないので、リケたちには普段の作業をして貰《もら》っている。

この火造りの工程で刀身としては完成する（この後、鐔《つば》や柄《つか》や鞘《さや》を作る必要はあるが）ので、この後の工程をいくつか省けたとしても、ここまで以上に気の抜けない作業になってくる。

最初に切先を作った。先端を刃の側にかけて斜めに断ち切ったらそこに叩いて丸みをつけ、そして先端を尖《とが》らせる。

今回の切先は大鋒《きつさき》である。猪首《いくび》切先と迷ったのだが、同じのも芸がないと思ってこうしてみた。

たっぷり午前中の時間をフルに使って切先の形を作った。なかなかハッタリのきいた感じに仕上がっている。

武器を世の中に出すことに躊躇《ためら》いはないし、これは護身用が主眼であるというのは自分でも分かっている。

しかし、であるならば使わないに越したことはない、というのもまた偽らざる気持ちではあるのだ。

大鋒くらいでビビる獣や人がどれくらいいるのかは疑問ではあるが、突きつけた相手が少しでも戦意を喪失して立ち去ってくれるなら、それで十分なのだ。

俺はきりの良いところまで終わったので、まだもう少しだけ作業をするらしい女性陣（若干悲しいことに、つまりは俺以外の全員なのだが……）を鍛冶場に残し、昼食の準備をしに家のほうへ戻った。

「うーん、やっぱりこっちに戻ってくると涼しいな」

単純に鍛冶場と家の温度差というか、向こうは常に火をガンガンに使っている。

それも、鉄を加工できる温度で。だから鍛冶場の室温はサウナどころの話ではない。扉一枚隔てただけで涼しいと思える程度には温度の差があるわけだ。

ヘレンは来て間もないから完全には慣れていないようだが、他のみんなはすっかり慣れっこではある。

ただ、慣れっことは言ってもあくまで慣れているというだけで、汗をかかないわけではない。皆それなり以上に汗をかく。

だから鍛冶場には常に水分補給できるように水瓶《みずがめ》を置いて、そばにそれぞれのカップ（木製で名前を彫ってある）もあって、皆適宜水分を摂《と》っている。

その水分を摂っただけ、汗をかく。だから、仕事が終わったら俺もみんなも濡らして絞った布で体を拭いたりしている。

そもそも炭やらで汚れるのもあるが、拭いた後の布はそれ以外の汚れもついている。つまりはそれだけ体の汚れがあるということだ。

この世界の現時点での衛生観念でもこのへんがスタンダードなので、俺はそれに合わせているし、皆からも特に不満が出ているわけではない。

貴族のご令嬢だったディアナですら特に不満を漏らさないところを見ると、貴族レベルでも似たようなものなのだろう。そういえば、エイムール伯爵の家でも基本的には湯に浸した布で体を拭くくらいだった。

しかし、不満が出ていないのと、古代ローマ人並みにお風呂が大好きな（元）日本人として、こういうときにひとっ風呂浴びてさっぱりしたい欲求があるのは別の話だ。

〝キンキンに冷えたビール〟までは望まないが、少なくとも温かい湯に浸《つ》かりたい。

風呂の問題は水と燃料だ。どちらも大量に使う。このどちらも解決できるような方策を考えついたら、皆に話して湯殿《ゆどの》を建てるか……。

俺は軽く体を拭いたあと、昼食の準備を進めながら今後の計画に思いを馳《は》せるのであった。

昼食が完成する頃には、皆も家のほうに戻ってくる。軽く体の汚れを落としたディアナが家の扉を開けると、間髪容れずにルーシーが飛び込んできた。

ディアナが開けた扉から外を見ると、少し離れたところでクルルが草を食《は》んでいる。

彼女は何でも食うのだが、肉よりも植物のほうが好みらしく時々ああしている姿を見る。流石《さすが》に家には入れないが、この間みたいに外でメシを食う機会は増やしても良いかも知れないな。

昼食を終えたら、作業の続きに戻る。ここからは反りを作っていく作業になるのだが、ここで一つ閃《ひらめ》いた。

アポイタカラは魔力を籠《こ》めると、魔力の入った部分の色が少し変わる。これは光り方が変わったりするからのようなのだが、今回はそれを利用して刃文を入れられるのでは？　ということだ。

焼入れをしないので刃文の無い刀になることを覚悟していたが、これが上手《うま》く行けば思った感じの刀にできるかも知れない。

俺は内心ワクワクしながら、だいぶ形になってきた刀身に鎚を入れていった。

刃文を頭にイメージしながら刀身の反りを整えていく。刃になるほうを叩くとそちら側が伸びて反りができ、その分輝くため、叩いていない部分との差で刃文のようになる。

そうやって刃文（みたいなもの、にはなってしまうのだが）を作るので、当然焼きが刀身全体に入り乱れた皆焼《ひたつら》は無理だし、境目の複雑な丁子《ちょうじ》も厳しいだろう。できても互《ぐ》の目までか。

地道にコツコツと叩いていき、反りの中心が真ん中あたりに来るようにした。叩き方をチートで調整して入れた刃文は湾《のた》れだ。

このあたりがニルダと同じなのはあれが羨ましかったから、というのが素直なところではある。

護身用という用途に目が行って自分用の刀を打てば良いじゃない、ということに気がつかなかったのだが、ディアナがそこに気がついてくれて良かった。おかげで自分の好きなように刀が打てている。

もしそうしなければ、今頃渋々柄を短くしたコルセスカ（根本から三股に分かれていて、左右が刃になっている槍《やり》）でも作っていたかも知れない。

こうして刀身側をほぼ仕上げたら、あとは茎《なかご》を整える。

普通はこんなタイミングで整えるものではないのだが、そもそもあらゆる製作工程が普通ではないからな。

刃区《はまち》と棟区《むねまち》はタガネで落とし、鎚で形を整えた。あとは茎尻《なかごじり》を整えてほぼ完成である。

全体が薄青く輝いていて、なかなかに見応えのある姿になったな。

この日はここまでで日が暮れて来てしまったので、残りの作業についてはまた明日である。

いや、別に徹夜なりすれば今日中に完成するのだろうが、それはしないことに決めているからな。特に今やっているのは仕事ではないのだし。

鍛冶場の火に灰を被《かぶ》せて、今日の仕事の後始末だ。日中は赤々と燃えていた炎に文字通りの灰色が覆いかぶさっていく。

火床なんかは仕事の間、常に火を入れているが、使ってない間の熱がもったいないと言えばもったいない。なにかに使えないものかな……。

ほぼ完成した刀身を神棚の下にお祀《まつ》り（掛台はニルダの時に使ったものを再利用した）して、この日を終えた。

翌日、刀身を神棚の下から下げて作業に取りかかる。下げるときはもちろん両手で恭しくである。

「ここ最近見てると、北方の流儀は随分と畏《かしこ》まってるんだな」

それを見ていたヘレンが感心したように言う。この世界の宗教観は一神教でないせいなのかは分からないが、割と緩い。

商売の神様や武の神様や美の神様なんかがたくさんいて、そういうのを祀った施設もあるにはあるし神官もいるのだが、反目しあっているわけでもなく、互いに信奉する神様が違うだけでしょという感覚のようだ。

これも六百年前の戦争の時に魔族側の神様と人間（とその他種族たち）側の神様に分かれた頃の名残らしい。共通の敵がいるとまとまりやすいのはあるよな。

で、よほど熱心な信者はともかく、そうでない普通の人は毎日祈ったりするわけでもなく、なんとなくそういう存在がいることを心の片隅においている程度であるらしい。

なので、都であってもあまり大きな神殿というものはない。このへんはそれが気になってディアナに聞いてみた時の回答（リケやヘレンも答えてくれたが）だ。

なお、森に暮らすサーミャとリディは森そのものが神様みたいなもの（例の〝心臓は土に埋める〟とか）であるようだ。

「半分くらいはうちの流儀だけどな」

実際に北方でこの流儀が通用するのかは分からないので、俺はそう答える。多分似たような流儀はあるんだろうが、細かいところが違ってたりするだろうからな。

「ふーん」

ヘレンは興味深そうにしていたが、この場ではそれ以上突っ込んで来ることはなかった。さて、作業に入るか。

それまで慎重に作業してはいたが、それでもどうしても出てしまう刀身の凸凹を軽く鎚《つち》で叩いたり、鑢《やすり》で削ったりして整えていく。

魔力を帯びたアポイタカラが鑢で削れるのかは心配だったが、魔力で強化した甲斐《かい》があってか加工できた。まぁ、これができないと鎚だけで仕上げるのは不可能と言ってもいいくらいだからな……。

刃先を研ぐのも家にある砥石《といし》でできた。少しでもズレるとあっという間に鈍《なま》ってしまいそうな感覚をチートでなんとか抑え込んで仕上げた。

最後に茎にタガネを当てて、銘を切っていく。〝但箭英造《たんやえいぞう》〟。これで俺の銘が入った刀はこの世界に二振り目となる。

あとは鍔《つば》と柄と鞘だが、全部作るには時間が足りない。だがしかし、せっかく完成したので具合も見ておきたいというのが正直なところなのである。

そこで、白木の柄というか、簡単に握れる程度の柄だけを一旦作成することにした。

茎を当てた二枚の板の内側を茎の形に削って、膠《にかわ》で点付けをする。握りやすいように形を整えたら、簡単な柄の完成だ。

茎と柄を木で作った目釘《めくぎ》で留《と》める。

俺はそれを持って、外に出た。


扉を開けると、そこにはルーシーが尻尾をフリフリ振って待っていた。

「危ないから、ちょっと離れててな」

俺がそう言うと分かっているのかどうなのか、「ワン」と一声鳴いて距離を置く。ただし、尻尾は振ったままである。

犬を飼ったことがないので、この子がどれくらい賢いのかはよく分かってはいないが、言っていることをかなり理解しているように見える。

もしかすると、群れから追い出された原因はそのあたりにあるのかも知れないが、これはしてもしょうがない想像ではあるな。

クルルは少し離れたところでのんびりと寝転がっている。魔力でも吸収しているのかも知れない。

俺の後ろからはゾロゾロと全員が出てきた。

ディアナとヘレンは木剣（ヘレンのはショートソード二刀流）を持っているから、剣の稽古をするのだろうと思うが、他のみんなは……？

「親方がここまで気合いを入れて作ったもののできは皆気になりますよ」

リケがクスリと笑って言う。

「とんでもねぇモンができたんだろうなぁ」

のんびりした感じなのはサーミャだ。ここまで俺が作ってきたものを色々見ているから、今度は何を作ったのか気になったんだろう。

リディは出てきてから一言も発していないが、目がキラキラしているので興味はあるらしい。

「危ないからあんまり近づかないようにな」

俺がそう苦笑しながら言うと、異口同音に了承の声が返ってきた。

外に放置してある材木の残りに、ちょうど人の大きさくらいのものがあったので、そいつを庭の端に立てる。

俺は戦闘のほうのチートに任せてそいつを横一文字に斬りつけた。

今までのどの武器よりも身体になじむ感覚がして、抵抗もなく刀を振り抜く。刀が立てたビュンという風切り音以外の物音もしない。

振り抜いた軌道に青い光が奔《はし》ってなかなか綺麗である。さながら水が流れたかのようだ。

今の感じから言って、ヘレンはともかく他の皆は気がついたら刀が振り抜かれていたように見えたかも知れない。

ディアナ、サーミャはギリギリ見えた可能性があるが、リケとリディは無理だっただろうな。

一方、斬られた側の材木はというと、全く何事もなかったかのように佇《たたず》んでいる。

俺が近づいてトンと刀の柄で小突くと、ズルリと上下二つに分かれた。

「スゲぇ‼」

黒の森全体に響き渡るがごとき大声でヘレンが叫ぶ。クルルが飛び起き、ルーシーの尻尾が猫みたいに一瞬バフっと膨らんだが、声の主がヘレンだと分かるとすぐに元に戻った。

「音もなく斬れるなんてスゲぇな‼」

それに気がついているのかいないのか、高いテンションのままヘレンが話す。

ニルダに打ってやったやつもできは良かったが、素材の違いもあってか斬れ味が段違いだな。

刀の性能自体はそれこそ今まで作ってきたものと、前に作った刀の感じでなんとなく予想はできていたが、うぬぼれ半分で言えばそもそも斬ったときの感じが違った。

そういえば俺の戦闘のほうのチートは武器による違いをあまり試していない。せいぜいがショートソードと槍くらいで、他の武器は扱ってないのだ。

もしかすると、適性みたいなものがあって俺の場合は刀が一番向いているとかだろうか。

できればその威力を発揮するような事態は来ないでほしいとは思うが、せっかく護身用に作った刀だ、適性があるというならそれに越したことはないな。

「思ったよりできが良いな」

そのへんの事情を他の皆に話すわけにもいかないので、俺はそう言ってごまかした。

そのまま再び構えると、今度は残り半分を突いた。空中に一条の青い光が奔り、やはり手応えも音もなく刀身の半分ほどまでが飲み込まれるように材木に突き刺さる。

そのままそっと手を放して材木の裏を見てみると、切先がほんの少しだけ頭を覗《のぞ》かせている。

それを確認して、俺はそっと刀を引き抜いた。

「こりゃあ盾を構えていても、それごと貫くかも知れんな」

「多分そうなると思う」

俺の半分独り言のようなつぶやきに反応したのはやはりヘレンだ。傭兵《ようへい》だからこういうことには他の家族よりも詳しい。

「細いし大丈夫だと思ってたら、そのまま貫かれるだろうな。エイゾウと敵になるような立場でなくて良かったぜ」

わざとらしくプルプルと震えてみせるヘレン。その口調と仕草はおどけているが、口にした内容は本心だろう。目があまり笑っていない。

「護身用にしては過剰かも知れんが、備えあれば憂いなしと言うし、斬れ味は良いに越したことはないだろ」

俺がそう言うと、ヘレンは力強く頷く。迅雷の二つ名をもつ傭兵のお墨付きなら安心だ。俺は心底ホッとする。それを察したらしいサーミャも微笑んでいた。

すると、今度はリケがウキウキを隠さずに俺に問うた。

「名前は何にするんです？」

「名前？」

俺は意味が分かりかねて逆にリケに聞いた。

「ええ、名前です。それほどの立派なものなら何か名前があってしかるべきかと。今までのは納品したりで親方が勝手に名前をつけるわけにはいかなかったですけど、それは親方のものなのでしょう？　でしたら名前をつける権利は親方にありますよ」

なるほど、そんな慣習があるのか。そういえば前の世界でも、神話に出てくるような武器は名前がついているものも少なくなかった。グングニルしかり、天叢雲剣《あめのむらくものつるぎ》しかりだ。実在の刀なら八丁念仏《はっちょうねんぶつ》やら歌仙兼定《かせんかねさだ》やら髭切《ひげきり》といった具合か。

それらと同格のように扱われるのもなんとなく気恥ずかしいものがあるが、せっかく珍しい素材で作ったできの良い刀だし、切った俺の銘以外の名前、いわゆる号《ごう》があっても良いかも知れない。

「そうだなぁ……」

俺は少し考え込む。水が流れるように青い軌跡が動くので流水というのも良いが、それではそのまま過ぎる。もう少しだけ捻りたい。

しばしかかって俺が考えた号はこれだった。

「薄氷《うすごおり》、こいつの号は薄氷だ」

薄氷は薄青く光ってはいるが、その本質は冷たい金属である。なので、水ではなく氷。そして刃が西洋剣と比して遥《はる》かに薄いので〝薄氷〟、読み方は源義経の刀である〝薄緑《うすみどり》〟(他に膝《ひざ》切《きり》・膝丸《ひざまる》や蜘蛛切《くもきり》、吠丸《ほえまる》など異名の多い刀だ)から貰《もら》った。

だから読み方は「はくひょう」ではなく「うすごおり」なのである。

「氷かぁ」

「見たことあるのか」

サーミャの呟《つぶや》きに俺が反応すると、彼女はコクリと頷《うなず》いた。

「ここらも雪なんかは滅多《めった》に降らないけど、寒い年はあったからな。そのときに汲《く》んであった水が凍っててビックリした」

「なるほどねぇ」

一応、母親から短い子育て期間中に水が凍ることは聞いていたので、そういうことがあるのは知っていたが、やはり聞いているだけと実際に見るのとでは大きく違うらしい。

そこへディアナが加わってくる。

「三年前かしら？」

「あー、それくらいだったかな？」

「確かにあの年は特に寒かったわね」

この森と都は比較的近い。であれば概《おおむ》ね同じような気候だろう。

ここは森の中なので、風の勢いが違うとかの違いはあるだろうが、天候的な面でサーミャとディアナの経験はこの五年で言えば似たりよったりのはずだ。

「私の工房はあんまり寒くならないので、楽しみといえば楽しみですね」

「風の流れのせいなのか、私の森も比較的温暖でした」

リケとリディの住んでいたところはそういう感じらしい。

流石《さすが》にこれだけ人の行き来がある時代なので、氷がどういうものなのかわからないとか、そもそも言葉を知らないとかそんなことはないが、見たことがない人は割といるみたいだな。

前の世界で、海なし県に住んでてほとんど海を見ない人みたいな感じか。あっちのほうは流石に人生で何度も海自体は見たことがある、って感じだろうが。

「アタイはあちこち行ってたから、デカい氷も見たことあるぞ」

ヘレンは傭兵稼業だから、仕事で寒い地域にも行ったことが何回もあるらしい。一番寒いところでは雪が一メートルほどつもっているのを見たそうだ。

本来は普通に仕事できる環境のはずだったのが、突然の寒波でそうなったらしい。寒すぎて仕事にならなかったみたいだが、そりゃそうだろうなぁ……。

この世界でも北のほうが寒い……と、インストールにはあるので、この世界では北方の出身ということになっている俺が、氷を見たことがあるのは不思議でもなんでもない。

いずれここでない地方への旅行に行って見聞を広めたいところではある。

それぞれの住んでいたところの気候を話しながら鍛冶場に戻る。ディアナとヘレンはこのまま稽古だ。クルルとルーシーはそれを見学するらしい。

鍛冶場に戻って、神棚の下に薄氷と号されることになった刀を置く。その後片付けて、この日は終《しま》いになった。

翌日、一通り朝の日課を済ませたら、鍛冶場に火を入れる。鍔と鐺《こじり》、ハバキなんかの小物（だが大事な部品）も作らないといけないしな。

外から持ってきた材木に薄氷を当てて型をとる。この形に鞘《さや》を作るのだが、刀身が浮くように作らねばならないのが難しいところだ。

と言っても、ほぼ全てチートでまかなうのだが。

刃の形に鞘の内側を彫ったり、膠で貼り合わせたりといった工程は前と変わらない。

鞘には西洋剣の鞘にも使っている油を塗ったが、そのうち漆塗りにしたいところだなぁ。北方から入ってきていないか、またカミロに聞いてみよう。

鞘を乾かしている間に、鍔や栗形《くりかた》なんかの部品を作っていく。納品するものでもないし、護身用だからシンプルにしておいた。

気になったら休みにしたときにでもコツコツ作ればいい。

小物のほうは鋼で作るのでスイスイとできた。それらを組み合わせて一振りの刀にしていく。

そして、ほぼ白木の鞘に、柄巻きは革の日本刀が出来あがった。早速、布を帯代わりに腰に巻いてそこに刀を差す。

軽く抜き差ししてみるが、特に問題はない。これでいつでも持ち運べるな。

持ち運べはする……のだが、俺の今の服装はいわゆるＲＰＧの村人スタイルである。

鍛冶仕事のときは革製のエプロンをつけたりしているが、基本的な格好は上は麻の服に革ベスト、下も似たりよったりな感じで、そこに簡素とは言え刀を下げているのである。

俺の個人的な美意識では違和感がものすごい。

「なあ、変じゃないか？」

俺は思わず皆に聞いてみたが、特におかしいとは言われなかった。そもそも和服を見ることがほぼ無いからだろうな、これ。

そのうち、和服も手に入れたほうが良いのかも知れない。もしくは剣吊《けんつ》りのようなものを作るかだな。

色々と問題は残ったままだが、ひとまずは強力な護身用の武器は完成したのだ。これで外へ出る時の安心が増えてくれるといいのだが。

俺はそう思いながら、一揃《ひとそろ》いを神棚の下に安置した。

5章　豊かなる生活へ向けて

翌朝、水汲《みずく》みの時に薄氷を佩《は》いて出た。いつもどおりなら完全に過剰な武器だ。例えて言うなら、ＲＰＧで最初の村の時点で剣だけが最終装備みたいなものである。

しかし、備えあれば憂いなしという言葉もある。思ったよりは邪魔にもならないし、万が一を考えれば良いものを持っているに越したことはないだろう。

決して、決して昨日完成したのが嬉《うれ》しいからではない……ということにしておきたい。

水汲みは何事もなく終わった。いつもどおり俺もクルルもルーシーも綺麗《きれい》になっているし、水は十分汲むことができた。

しかし、風呂の水を確保しようと思うと、この方式では無理だな。なんらかの形で大量の水を得る方法が必要になる。

あの湖の水には湧水もあるようなので、つまりはこのあたりには被圧帯水層――不透水層と不透水層に挟まれて圧力のかかった地下水が流れているはずだ。

となれば、その地層まで井戸を掘るのも不可能ではない。

幸い、俺は送風の魔法が使える。人を吹き飛ばすほどの風量はないが、外から穴に向かって風を送りこんで換気するくらいのことはできると思う。

問題は俺が魔法を維持しないといけないので、掘るのは家族の誰かになってしまうことか。

あるいは、前の世界でアイドルグループが無人島でやっていたように、水路を作るかだ。今回の条件はあれよりはまだマシなので早く出来あがるはずだ。

……とは言っても五百メートルで他のことをやりつつ、二年半くらいかかっていた。

もう少し集中して作業し、途中の難関などもないとしても一キロメートルほど離れている湖と家に水路を通すとなると同じくらいかかる可能性はある。

メリットは（やりようによるが）水車が使えるようになることだ。

そうすれば普通の鍛冶屋みたく重く大きいハンマーを動かして、板金くらいならそっちで楽に打てるようになる。

向こう何十年とここで暮らすつもりなら今時間がかかったとしても、早いうちにそういった設備を整えていくのは悪い話ではない。

このあたりはゆっくり考えても間に合うが、目前に雨期が迫っている。それに備えた施設、というほど大げさでもないが次の納品後の二週間程でテラスを作らねばな。

この日、俺は高級モデルの品をできる限りの速さで作り上げた。アポイタカラで剣と刀を打った経験が活《い》きているのか、かなりの速度でできたな……。

こう、勘所が以前よりよく分かるというか。適切な叩《たた》くべき箇所や、力加減を外さない感じだ。

この分なら、カミロのところへ納品に行く分はなんとか足りるかな。

彼なら一般モデルだけでも文句は言わないだろうとは思うが、ほんの少しでも高級モデルも納品しないと、義理を欠くことになるという俺個人の仁義の問題だ。

翌日、納品物を荷車に積み込んでいると、クルルがのそのそと所定の位置に着いた。もう何度も荷車を牽《ひ》いているし、俺たちが荷物を積んだら街へ行くことを分かってるんだな。

俺はよしよしとクルルを撫《な》でて、装具をつけていく。全ての準備が終わったら、俺は先にルーシーを抱えて荷車に乗せた。

流石にまだ飛び上がって乗り込むのは難しそうだからな。視点が高いのが嬉しいのか、ルーシーはちぎれんばかりに尻尾を振って荷台の中をウロウロしている。

皆乗り込んで出発だ。クルルが一声鳴いて荷車を進ませはじめると、ルーシーは手綱を持つリケの隣に行って前を見ている。尻尾はずっと振られたままだ。

森の中、街道と景色が変わっていく。大丈夫なのかとこっちが心配になるくらい、ルーシーはずっと尻尾を振っている。

「こんな経験ができる森狼はそうそういないよなぁ」

「そりゃそもそも飼われることが少ないしな」

俺の感慨にサーミャが答える。

「走竜が牽く荷車に乗ったことある人間自体も希少ですし」

「そうねぇ。大臣でも乗ったことないんじゃないかしら」

「アタイも聞いたこともない」

リケとディアナ、そしてカツラを被《かぶ》ったヘレンも口々にクルルの希少性を言う。リディもコクコクと頷いて同意している。

前の世界で電車の窓から外を見る小さい子を見ているような気分で、あちこちの縁から景色を眺めるルーシー（落ちないように各人がサポートしていた）の様子を見ながら、俺たちは街に到着した。


街の入り口にいたのは顔見知りの衛兵さんだ。俺たちに気がつくと軽く手を振ってきたので、俺たちも振り返す。

その目線が一瞬ルーシーを捉えたが、特に何か言われることはなかった。

何かが増えるのはいつものことだと思っているのか、単に犬（ルーシーは狼だけど）は気にされないのかは分からないが、前の世界のように首輪やリードが必要ということもなさそうなので一安心ではある。

でも、首輪代わりに色のついた紐《ひも》か布で似たようなものは作ろうかな。このあたりで走竜や森狼を飼っているような家はそうそうないと思うが、所属を示す何かはあったほうが良いと思うしなぁ。

街の中をゆっくりとクルルが荷車を牽く。時折、奇異の視線をクルルやリディに向けてくる人もいるが、大半は気に留めた風もない。

それなりに見かけている人たち――つまりこの街に根ざして暮らしている人たちの間では、そういうものになってきているなら、嬉しい話だな。

街の中で特に何が起きるでもなく、普通にカミロの店に着いた。荷車を倉庫に入れたら、いつもの丁稚《でっち》さんにクルルと今回はルーシーも預ける。

「ここでクルルお姉ちゃんとお利口さんに待っててな」

ルーシーを撫でながら言うと、「ワン」と一声吠《ほ》えて尻尾を振る。お利口さんだ。

木陰にうずくまるクルルとその周りを駆け回るルーシーを見ながら、俺たちはいつもの商談室へ向かった。

商談室に入って、しばらくカミロを待つ。

「そういえば、みんなは欲しいものとかないのか？」

適当な話の最中、俺は切り出した。うちの収入は基本的に俺のものというわけではない。工房の共有のものだ。

そのことは後から家族になったヘレンを含め、家族の皆に話してあるし、全員が納得している。にもかかわらず、今のところ積極的に使っているのは俺だけである。少しばかりばつが悪いというか、罪悪感のようなものがある。

以前に欲しいものを聞くと、繕い物をするときの糸や、継ぐときの布切れなどは欲しがったのでカミロから貰《もら》う物品に含めたが、それらは消耗品だし他に何かを欲しがったことはない。

欲しいものがそもそも自分でよく分かっていないサーミャや、大家族での生活で共有が基本だったリケ、森でほぼ自給自足の生活をしていたリディが欲しがらないのはある程度想像できる。

ヘレンは何も持たずに来たので身の回りの品は必要になったが、あちこちを渡り歩いていたから私物は持ったことがないに等しく、だから欲しがるものもない。

しかし、貴族のお嬢様であるディアナはもう少し自分のものを欲しがるかと思っていたが全くそんな素振りを見せない。

「別にないわねぇ」

そのディアナが事もなげに言う。

「うちは余裕あるから良いんだぞ。誂《あつら》えた服とか」

「森の生活だといらないし、いざという時のはまだ持ってるわよ。家にもいくつかあるし」

「ううむ」

確かに森で暮らしている分には都で着るような服はあまり必要ない。都で着るような服を直して動きやすいようにすらしている。

しかし、どんな用事でマリウスに呼び戻されるか分からないのだから、豪奢《ごうしゃ》な服も持っておいたほうが良いのでは、と思うのだが、それも一着あれば事足りるのは確かだ。

言われてみれば実家のエイムール家にもあるだろうし、服で困ることはないのか。

「強いて言えば」

「うん？」

考え込んでいると、ディアナが続けた。

「家族共通のアクセサリーみたいなものは欲しいわね」

「なるほど」

「……アタイも欲しいな」

ディアナの言葉に俺が相槌《あいづち》を打つと、ヘレンがボソリとつぶやいた。

帰属意識、みたいなものは俺にもある。家族のためなら何でもできそうには思うし、家族の誰かが危難に遭えば、いかなる手段をもってでも、原因を排除するだろう。

今回のヘレンが家族になるきっかけになった出来事もある。捕らえられれば取り上げられることもあるだろう（むしろそういう状況のほうが多そうではある）が、そうならなかった場合に家族の証《あか》しみたいなものがあったほうが、心強かったりするのは納得できるな。

「分かった。じゃあ、元になる何かを今度探しに行こう」

俺は皆に向けて話す。ちょうど良い機会だし、この後カミロに話をしとけば大丈夫だろう。

それを聞いたサーミャが怪訝《けげん》そうな顔をして俺に聞いた。

「探しに行くって、作らないのか？」

「作ってもいいけど、少なくともアクセサリーのデザインについては俺は無知だからな。追加加工するにせよ、参考にするにせよ、元になる何かは必要だ」

生産のチートが効く範囲なのは間違いないが、そもそものデザインについては色々学んでみたいところでもあるのだ。

「それで、どうするんですか？」

今度はリディが話しかけてきた。彼女は静かに聞いているだけのことが多いのだが、珍しいな。

俺はそんなリディを見て言った。

「都へ行く」

「都ですか」

俺に言われたリケがそう反応した。

「何か問題がありそうか？」

「いえ、単に行ったことがないので」

聞いてみると、俺のところに弟子入りするまでにあまり大きな都市は通ってこなかったらしい。

「都って言ってもただ大きいだけよ」

リケを安心させるかのように、優しい声音でディアナが言った。住んでる人間からすれば、どんな大都市でも地元には違いない。

でも、ディアナが住んでいたのは伯爵の家——つまりは階級としては上流だから、当てになるかと言われるとちょっと微妙な気はする。

それが言わぬが花であることはハッキリしているので、俺は何も言わないでおく。

「まぁ、日帰りになるとは思うが、あんまり気負わずにちょっとした旅行くらいに思ってくれたら良い。みんなもな」

俺もディアナの言葉に乗っかるようにして、そう皆に言った。

そうしていると、カミロが番頭さんを連れて部屋に入ってきた。番頭さんはカートのようなものを押している。

カートには布がかかっていて、何が載っているのかは分からない。

「よう、待ったか？」

「いや。だけど、今日は妙に遅かったな」

「ああ。こいつの準備をしてたんでな」

カミロがカートに目をやる。俺が来たのであれの準備をしていて遅れたのか。

「そこまで念入りに準備するってことは、さぞかし良いものなんだろうな？」

「もちろんだとも」

俺とカミロは笑いあう。カミロが合図をすると、番頭さんは頷《うなず》いてカートの布を取り去った。

そこにあったのはやや大きめの壺《つぼ》が二つである。壺には釉薬《ゆうやく》がかかっていて、表面はつるりとしており、同じく釉薬のかかった蓋がついている。

蒸発しやすいものでも入っているのだろうか。

「こっちに来てみろ」

カミロが手招きをした。この状況なので、変なものが入っているわけではないと思うが、俺たちは恐る恐る近づいた。

「まずはこっちからだな」

カミロが片方の壺の蓋を取った。俺以外の家族の皆は怪訝な顔をしている。彼女たちは恐らくは嗅いだことがないであろう匂い。

だが俺の鼻はその匂いを馴染《なじ》み深《ぶか》いものとして捉えていた。久しぶりに嗅いだ匂い。

「醤油《しょうゆ》か！」

俺は思わずそう叫んでしまい、皆を驚かせた。

「す、すまん」

俺は縮こまり、それを見たカミロが大笑いしている。

「流石《さすが》はエイゾウだな。そう、北方のショウユだよ」

「じゃあ、こっちは……」

俺はもう一つの壺を指さした。カミロはニヤニヤ笑いながら、

「そっちはミソとか言ったかな」

「味噌《みそ》だって⁉」

俺は飛び上がらんばかりの喜びを隠しもせずに再び叫んだ。冷静になれば醤油があるのだから、味噌も存在するのは当たり前なのだが。

蓋を開けて見てみると、そちらにも俺には馴染みの深い茶色いペースト状のものが収まっていた。間違いなく味噌だ。

まず醤油のほうを少しだけ指につけてなめてみる。減塩なんて言葉がないので、しっかりした塩味《しおみ》の中にコクがあり、ほのかに甘い。紛れもなく醤油の味だ。

味噌のほうも少し味見したが、こちらも少し甘めであっさりした麦味噌の味だった。久しぶりの懐かしい味わいに、俺の舌と胃袋がもう少し寄越《よこ》せと叫んでいるが、涙を呑《の》んでそれは堪《こら》えた。

あとで家族の皆に「やっぱりエイゾウは北方出身なんだなと思った」と言われたが。

「よく見つけてきたな」

「折良く北方とつながりのある行商人と知り合えてな。ちょっと金を積むことにはなったが、入手

できた」

なんてこともないかのようにカミロは言うが、その態度からそれなり以上に大変であっただろうことは容易に窺《うかが》える。

そして、入手が大変なものは高い、というのが世の常だ。俺もなかなかないものを生み出して客から大枚を頂いている身である。そのへんはきっちり弁《わきま》えたい。

「これ二つでいくらなんだ？」

「ええっとな……」

カミロが俺に伝えた値段は、俺が思っているよりもだいぶ安かった。

「良いのか？　そんな値段で」

「ああ。ある程度定期的に仕入れられる目処《めど》は立ってるし、美食家の貴族様に売る当てがある。お前たちには恩を売っておいて、以後もよろしくして貰おうって寸法だよ」

「俺としてはありがたいが……」

「それに、だ」

「ん？」

「今ので確信したが、余ったらお前が残り全部買ってくれそうだからな」

そう言ってカミロは破顔する。俺はわざとらしく憮然《ぶぜん》とした顔を作るが、もちろん本気ではない。すぐに噴き出してしまい、部屋は笑いに包まれた。

「で、みんな」

そう言って俺は皆に向き直る。

「今更だけど、醤油と味噌、買ってもいいか?」

「本当に今更ね」

ディアナが呆《あき》れたように言う。

「あんな姿見せられて駄目って言える人はそうそういませんよ」

リケがそう言うと、全員が力強く頷く。俺はしょんぼりと肩を落とした。

その様子を見ながらカミロは笑って「まいどあり」と番頭さんに積み込みの指示を始めるのだった。


醤油と味噌が調達できたのは喜ばしいが、それ以外にも調達しないといけないものはある。いつもどおりの品物ではあるが、食べ物関連で言えば塩や胡椒《こしょう》なども大事な品には違いない。女性がほとんど……というか男はクルルやルーシーを入れても俺一人だが、六人(プラス二頭)の家族だからそれなりに消費量は多いし、特に塩は保存にも使うからな。

何より忘れちゃいけないのは、生活するのに直接は必要でないが、間接的には生命線の炭や鉄石だ。これがないと収入源である武器を作れないから、いつかは干上がってしまう。

そのへんの話も済ませると、部屋の外から戻ってきた番頭さんにカミロが指示を出す。

「戻ってきたばかりで追い出すようなマネをしてすまないな」

俺がそう言うと、番頭さんはニッコリと笑って、

「それが仕事ですから、お気になさらず」

そう言って出ていった。マリウスもそうだが、イケメンがああいう笑い方をすると似合うな。俺やカミロではああはいかない。

「それでな」

出ていった番頭さんが扉を閉めるかどうかくらいで、カミロが切り出した。うちの家族に聞かせてもいいということは、別段内密の話でもないんだろうが、このタイミングなのは何かあるのだろうか。

俺は少し身構えて、先を促す。

「ちょっと作ってほしいものがあるんだが」

「なんだ？　ややこしいものでなければお安いご用だが」

「なに、そんな難しいものじゃない」

「じゃあ、量が多いってことか」

俺の言葉にカミロが肩をすくめた。正解《ビンゴ》か。

「武器じゃなくてすまないんだが、鍬《くわ》を大量に作ってほしいんだ」

「鍬か」

鍬くらいなら難しいものでもない。作ったこともある。最初にこの街に来たときに売り物にしたやつだ。

あのときは売れなかったが、こうして売り物として頼まれる日が来るとはな。

若干の感慨深さを感じながら、それをなるべく顔には出さないようにして、リケのほうを見た。

俺と視線が合ったリケは頷いている。数にもよるとは思うが、それなりに量産は可能ということか。人手も増えてるしな……。

「わかった。やるよ」

「そうか。助かる」

「それで、いくついるんだ？」

大量に、と言われても五十本程度なら、その分量の剣を作ったことがあるし余裕だと思うが、百本となると難しいかも知れない。

いや、今ならいけるか？　どこかのタイミングでうちの生産能力の限界は知っておきたいところかも知れない。

「あまりに少なくても困るが、あればあるだけいい」

「随分曖昧だな」

「今回はあっただけ売れるからな」

「そうなのか？」

俺の言葉にカミロが頷いた。

「前に話しただろ、帝国から切り取った領土の件だよ。帝国の領土だったとは言っても、実際には放棄されたような土地だからな。まずは開墾をしないとはじまらない。広さとしてはかなりあるし、それなりの人数が向かうことになってる。そいつらの鍬がいるのさ」

「なるほどね」

向かわせるなら小作農がメインだとは思うが、ここいらの小作農は地主から農具を借りていることが多い。つまりは自分たちの農具は持っていない。

今回はその土地に行けば小作農から自作農になれるという触れ込みなんだろう。墾田永年私財法みたいだな。考えることは世界が違ってもそう変わらないということか。

そして、自作農であれば農具も自前になる。国が支給するにせよ、農民の自弁にするにせよ、その分の農具が必要だというわけだ。

俺の工房には鍬だけの発注だが、鎌なども必要になるはずだ。そのへんはまた別の鍛冶屋にでも依頼しているのだろう。

土地が放棄されてて土が硬いなら、うちの鍬を使うと労力の削減にもなってよさそうではある。それに農具全てをうちで引き受けたら独禁法にひっかかりそうだしな。まぁそんな法律があるかどうかはさておき、やっかみは受けたくない。

「じゃあ、五十本以上を目処《めど》に頑張ってみるよ。来週でいいか?」

「……ああ、頼んだぞ」

俺の言葉にカミロが一瞬目を丸くしたが、すぐに元の顔に戻ってそう言った。

「それで今度はこっちの話なんだが、マリウスに伝言をお願いしたい」

「いいぞ、どうした?」

俺は明後日に日帰りで都に行くこと、その時にエイムール家でクルルとルーシーを預かってほしいことを伝えてくれと話した。

流石に都の中をクルルを連れてうろうろするわけにはいかないし、その時にクルルだけ仲間はずれにするのもかわいそうだから、苦渋の決断としてルーシーも残すことにしたのだ。

一方的にこっちの都合だから駄目な場合もある。その時は金を出してそれなりの宿にでも預けるしかないな。

「わかった。伝えておこう」

俺とカミロは今回の話を終えて、握手をするとみんなで帰り支度を始めるのだった。

商談室を出て、まず裏手のクルルとルーシーを引き取りに行く。クルルはいつもどおりのんびりとしていたが、ルーシーは丁稚さんにじゃれついて、丁稚さんもまんざらではなさそうに相手をしてやっている。

そこへ俺たちが戻ってきたのを見て、丁稚さんが慌てて頭を下げた。

「す、すみません！」

「いや、うちの子の面倒を見てくれてたんだから、気にしなくていいですよ」

俺はそう言いながら、恐縮しきりの丁稚さんにチップを渡す。ルーシーの面倒も見てくれていたから、その分を今回から少し増額だ。

「いつもありがとうございます」

「これからもうちの子をよろしく頼むな」

俺はそう言って丁稚さんに笑いかける。問題は俺もマリウスや番頭さんとは違い、カミロと同じくイケメンでないオッさんなのでぎこちないことだが、こういうのは心が大事だ。

……そう思おう。

荷物を満載にした荷車にクルルを繋《つな》いで皆で乗り込む。体の大きさ的にまだ飛び上がれないので、ルーシーはディアナが抱えて乗り込んだ。

そのうちルーシーも自分で飛び乗るようになるんだろうか。その時が楽しみなような、今のままでいてほしいような複雑な気分だな……。

クルルが牽き、リケが操る竜車が街をゆっくりと進んでいく。街の喧噪《けんそう》が流れていくのをルーシーが尻尾をふりふり、荷車の縁に前脚をかけて眺めている。

観察していると、ルーシーがそうやって見ているのに気がついた通行人も何人かいるが、特に驚いた様子はなく微笑んだりしていたので、時々はある光景なのかも知れない。

今のところ見た目は可愛い子犬と大差ないし無用の混乱はないようだが、大きくなって狼《おおかみ》らしい外見になった時に大丈夫なのかはぼちぼち考えていかないとな。

定期的に街には行くし、俺としては街の人たちが見慣れてくれるのが一番いいんだが。

街の入り口で衛兵さんに手を上げて挨拶すると、衛兵さんも手を上げて返してきた。ここからは街道だ。

白い雲が散らばる青空を背景に、草原が広がって道が延びている。俺たちの竜車はそこを進んでいく。クルルの調子は今日も絶好調らしく、なかなかのスピードが出ていた。

野盗が見たとして、ビビって襲うのを止《や》めるのではないかと思うくらいのスピードだ。

それに負けず劣らずのスピードでルーシーの尻尾が振られている。ルーシーももう少し怖がるかと思ったが、全然平気そうだな。もしかすると俺たちが平気な顔をしているから、大丈夫だと理解しているのかも知れないが。

何事もなく街道を行き過ぎると、今度は森の中だ。

最近熊を仕留めはしたが、いろいろな生き物がいるのはこの森の中だし、速度も落ちるから勝手知ったるとは言っても警戒は怠れない。

そうして無事に家に辿《たど》り着《つ》いた。

家に着いたら荷物を下ろして運び込みだ。家族で分担して次々と運んでいく。クルルも少し手伝ってくれるが、ルーシーはまぁ、賑《にぎ》やかに応援してくれればそれでいい。うん。

一通り終わったら自由時間だ。俺とリケは自由時間と言いつつ、鍬の生産についての打ち合わせなんかだが、サーミャとリディは畑、ディアナとヘレンはルーシーとクルルを構うために外へ出ていった。

その日の夕食時、俺は皆に話した。

「とりあえず明日と明後日だが、明日は鍬の生産を進める。で、明後日は都へ行くわけだが、何か準備しておくことはあるか？」

「都へ行くって言っても、日帰りでちょっとだけよね？」

「そうだな」

「じゃあ、別に着るものとかは意識しなくても大丈夫だと思うわよ。パーティーに出る話でもあれば別だけど」

「それはないし、君の兄さんから誘われても断るぞ……」

「兄さんが残念がるわね」

俺の質問にはディアナが最後は笑いながら答えてくれた。都住まいだったディアナの言葉なら間違いないだろう。

「どうせだから都で他に買いたいものとかあれば、今のうちから考えておいてくれ」

「欲しいものは大体エイゾウに頼めば作ってくれるからなぁ」

俺の言葉をサーミャが混ぜっ返し、他の全員がうんうんと頷く。

「俺でも作れないものは……そういえばそんなにないいな」

「でしょう？」

何故《なぜ》かリケがドヤ顔をする。俺の場合鍛冶屋がメインではあるが、生産でもチートを貰《もら》っているから、該当すればそこらの職人くらいのものは作れてしまうのだ。

アクセサリーなんかも作ろうと思えば作れるから、元になるデザインが浮かばないだけでデザイナーが案さえ出せばその通りのものが出来あがるに違いない。

「まぁ、たまに俺が作ったやつ以外のものに触れるのも良いんじゃないか？」

「それはそうかも知れませんね。見聞が広がります」

「だろう？　じゃ、みんな考えておいてくれ」

俺の言葉にリケが乗っかってくれて、俺はホッと胸をなでおろすのだった。


翌日、俺たちはカミロの依頼をこなすべく、三チームに分かれる。

リディとヘレンは材木を切って鍬の柄を作る。

サーミャとディアナは板金を、そして、俺とリケが鍬の刃床部を作る。クオリティはもちろん〝一般モデル〟だ。

放棄地だと言うし、形は平鍬ではなく備中鍬《びっちゅうぐわ》――先が四つくらいに分かれている鍬にする。

前の世界の日本だと江戸時代くらいの発明らしいが、原型は弥生時代に、鉄製のものも古墳時代にはあったと言うから、この世界にあってもおかしくはないだろうし、万が一先取りになっても大きく文明を進ませてしまうようなこともあるまい。

「最初の一つは作り方を見せておこうか」

「お願いします」

火を入れておいた火床で作りおきの板金を熱する。なんだか随分と懐かしいような気もするな。

板金に熱がまわったらタガネで二／三くらいまで三つの筋を入れて、枝分かれさせながら、ざっと形を整える。

このあたりで温度が下がってきているので、もう一度火床に入れて加熱するが、その前にリケに形を見せておく。

「形的には大体こんな感じだ」

「なるほど」

そして火床で加工できる温度まで熱する。火床の炎がジリジリと俺の顔を灼《や》き、目を細めて俺は額から落ちる汗を拭う。それでも火床からは目を離さない。

ちょうどいい温度になったら火床から取り出して、金床に置いて仕上げていく。鍬にも刃があるので、刃先のほうほど薄くなるように仕上げる。

〝一般モデル〟だしチートを使っての加工なので、微修正も発生しなかった。

刃ができたら、もう一度火床に入れて、今度は刃と反対側の加工だ。タガネと鎚《つち》を上手《うま》く使って柄を取り付ける部分を四角く加工していく。

そこが出来あがったら完成……ではない。

「これで形はできたな」

「まだあるんですか？」

「この後、焼入れと焼戻しがある」

焼入れと焼戻しの作業は他の刃物と変わらないので、勝手知ったる感じで作業できた。もう耳慣れたジュウという音と、冷えていく感覚を手に抱きながら、ちょうどいいところで引き上げる。

その後、火床の火で炙《あぶ》るようにして少し温度を上げたら完成だ。リディとヘレンが切ってくれた角棒を差し込んで、クサビで固定し、「ちょっと試してくる」と言いのこして俺は外に出た。

中庭にある畑のそばに立って、鍬《くわ》を振り上げ、腰を入れて勢いよく土に突き刺す。畑の外の土だから、まだ耕されてなくて硬い。手にはその感触が伝わってくる。

だが、鍬は土に深々と突き刺さっている。

「よっ……と」

ぐいっと鍬で土を掘り起こした。結構深い位置まで掘り起こすことができている。この時に平鍬だと、硬かったり粘土質の場合刃に土がくっついて作業しにくいのだそうだが、備中鍬なら土がつきにくく作業がしやすい。

しかし中腰で作業するのは三十代の体でもなかなか腰に来るな。前の世界だと大正時代くらいに踏み木のついた備中鍬が発明されていて、それなら立ったまま作業できるらしいが。

「これなら十分か」

俺はトントンと腰を叩きながら、鍬を担いで作業場に戻った。

6章　家族旅行へ行こう

鍛冶場に戻った俺は、次の備中鍬に取りかかる。リケも自分で備中鍬を作りはじめた。ここからはタイムアタックみたいなもんか。明日は都へ家族旅行だから、今日は二人併せて十本もできれば御の字ということになる。

俺とリケが刃床部を打つ間も柄と板金がドンドンできていく。作業難易度が段違いというのはあるが、サーミャたちの腕が上がっているのも大きい。

以前と比べると少し作業が速いように見える。

少しというと大したことがないようにも思えるが、以前なら十個作る間に十二個、五十個作る間に六十個というように数字で考えるとなかなか大きな差になってくる。

今回のように〝数打ち〟が必要な場合は特にそうだ。

「みんな腕が上がったなぁ」

「そうか⁉」

しみじみと俺が言うと、サーミャが耳をピコピコと動かしながら嬉《うれ》しそうにしている。

「ああ。なぁ、リケ」

「そうですね。間違いなく上達してるかと」

「やった！」

目立って喜んでいるのはサーミャだが、ディアナもリディもそれぞれ控えめにだが喜んでいる。ヘレンは……まぁ、まだ来たばかりだからな。焦らずゆっくり上達すれば良い。

俺がそんなようなことをヘレンに伝えると、ヘレンは力のこもった目で頷《うなず》いて、お互いに自分の作業に戻った。

この日は目標の十本を超えて十一本製作することができた。俺が七本、リケが四本である。

「やっぱり親方にはかないませんね」

「そりゃまぁ、親方だからなぁ。弟子に簡単に越えられるようじゃ困る」

俺は笑いながら言う。チートの生産速度にこれだけ追いつけている時点で、リケの腕も相当なものだと思うのだが、それは言わずにおいた。

翌日。今日は都に行く日だ。とは言ってもなにか特別な用意をするわけでなく、街へ行く日とそう変わらない。

服装もディアナがちょっとおめかし気味なくらいで、いつもと同じようなものだ。都のほうが多種多様な人々がいる分、他人の格好を気にする人が少ないように思う。

無論、身分や場面に相応《ふさわ》しい服装というのはあるが、単に街を見物するくらいならそういったことを気にする必要もないだろう。

身を守るための武器の類も荷車には積んでいくが、都に着いたら体に帯びる武器はナイフくらいの必要最低限のものに抑えるつもりである。無用な争いを起こしたくもないし。

まだ日が昇らない、薄明の間に、いつもの納品物を載せていない荷車をクルルに繋《つな》ぐ。

皆で荷車に乗り込んだ（ルーシーはディアナが乗せてやった）ら、いつもより早いが出発だ。

リケがいつものように手綱を操るが、クルルはこちらを振り返って動かない。荷物を積んでないからだろうか。

「今日は荷物は積まないよ。その代わり遠くまで行くから」

俺が振り返ったクルルに声をかけると、クルルは「クル」と小さく頷いて、歩き出した。

「荷物を積み忘れてると思ったのかな」

「クルルちゃんは賢いですね」

リケが手綱を操りながら感心している。それには俺も同意しかないので「そうだな」と頷いた。

森の中の道を行くときは、基本サーミャが鼻と耳を使って警戒し、森狼の群れなんかにぶつかりそうならそこを避けて通る。これは街へ行くときと変わらない。

一度、鹿がいるらしいところ（俺には姿も見えなかった）を迂回《うかい》した以外は特に何事もなく森を出た。

森を出たら街道だ。いつもなら街へ向かうほうへ行くが、今日はその反対方向だ。俺が指示を出して、リケが手綱を操る。クルルは一瞬躊躇《ちゅうちょ》したが、すぐに手綱の指示に従った。

しばらく街道を進む。草原と森と道。風景自体は街へ行くときと変わらない。ただ、その位置が逆だ。

サーミャが言う。

「いつも帰り道に見る風景を行きに、それも日が昇る中で見るって、不思議な感覚だな」

「そうだねぇ」

俺は何回か都に行ったことがあるから違和感もないが、サーミャはこっち側へ来るのはおそらくはじめてだ。

完全に未知の風景ならゼロからだから純粋に楽しめるだろうが、なまじ見たことのある風景なので違和感が出てしまうのだろう。

リケも同じだったようで、サーミャの言葉に同意の声をあげた。他の皆はピンと来ていないようだ。リディやヘレンはまだこのへんにも慣れてないからだろう。

ディアナは元々都住まいだし、街はエイムール家の所領なので、慣れているのかも知れない。

俺たちが街道を行く中、朝日が昇って茜色《あかねいろ》に染まっていた世界が、色を取り戻したかのように緑と青、そして引かれた茶色の線になっていく。

なかなかに美しい景色だ。絵心があれば、絵にでもしたいと思うほどには。

この分だと都に着いてもいい天気だろう。この幸先《さいさき》の良さのまま、今日一日、皆と楽しく過ごせると良いのだが。

都に向かう街道をクルルが牽《ひ》く竜車が進んでいく。サスペンションの恩恵もあって、スピードを速めにしても極端に乗り心地が悪くなるといったことはない。

普通の馬車でこのスピードだと乗り心地は悪いし、かといってサスペンション搭載車だと荷台の動きが比較的少なくなるので怪しまれる。

しかし、竜車はスピードが速くても、周りが「走竜が牽いてるし」と思ってくれる。

これは少しずつ走るスピードを上げて、すれ違う馬車や旅人の反応を見て確認したことである。

驚くか、怪訝《けげん》な顔をしていた人々も、牽いているのが走竜だと分かると、なんとなしに納得したような表情になるのだ。

まぁ、そもそも走竜が珍しいので、クルルが二度見されたことも度々あるのだが。俺としては荷車のほうに目が行かなければとりあえずは問題ない。

街道を進んでいくと、俺にとっては何度目かの都を守るようにそびえる山脈が見えてきた。

「おおー」

サーミャは見るのがはじめてだからだろう、大きな声で感動を表している。〝黒の森〟の近くにも山はあるけど、木々が邪魔で見えにくいからな。湖に行ったときに遠くに頭が見えるかな……？程度だ。

「あれが見えたらもうすぐ都だぞ」

「そうなのか⁉」

「そうね。期間にしたらそんなに離れていないのに、なんだか懐かしいわ」

俺の言葉にサーミャがはしゃぎ、ディアナはちょっとした感傷が湧き出ているようだ。日帰りとは言え里帰りには違いないからな。別にエイムール邸に残っていてくれてもいいんだが。

俺がそう言うと、ディアナはため息をついて口をとがらせた。

「私だけ仲間はずれ？」

「いや、そういうわけじゃ……」

「フフ、分かってるわよ」

慌てる俺に、ディアナがいたずらっぽく笑いかけた。それなりに一緒に暮らしているが、貴族の娘さんらしく美人なので、ふとしたときの表情にドキッとさせられることがある。今がそうだ。

「でも、仲間はずれがいやなのは本当よ」

「分かったよ。街へは一緒に行こう」

「もちろん」

ディアナは再び微笑《ほほえ》んだ。やっぱりドキッとするような綺麗な笑顔で、俺は見惚《みと》れないように、リケの座る御者席の近くへ移動して、前を見る。

見覚えのある外壁が遠くに見えた。都へはあとほんの少しだ。

クルルのおかげで都の入り口へはなかなか早くに着いた。元々昼前には到着している予定ではあったが、それよりも一時間ほどは早い。

今からだと都へ入るのに時間がかかっても、エイムール邸には相当早く着いてしまうな……。最悪どこかで時間を潰す必要があるかも知れない。

恰幅《かっぷく》のいい人間の商人や、旅をして来たのだろうか、亜麻色の髪を結んで盾と剣で武装した少女、近くから農作物を運んできたらしい獣人など、色々な人でごった返しているチェック待ちの列に並びながら（並ばせたのはリケだが）、そんなことを考えていると聞き覚えのある声が聞こえてくる。

「エイゾウ様！」

この近辺で俺を「様」付けして呼ぶ人物の素性は一つしかない。エイムール家の使用人さんたちだ。

声のほうを見ると、思った通り知った顔の使用人さんがいた。

「ああ、カテリナさん」

声の主はカテリナさんだった。帝国から戻るときも思ったけど、この人だいぶアクティブだよな。

彼女は深々とお辞儀をして言った。

「お迎えに上がりました」

「それはありがたいんですが、こんな早くから来てて大丈夫だったんですか？」

カテリナさんがいつからいるのかは知らないが、俺たちはかなり早くに到着しているから、普通の馬車の速度ではあと一時間はここで待ちぼうけすることになっていたはずだ。

正確な時計が一般的には普及していないので、行く時間を正確には伝えようがないのだが、これがもし昼過ぎに到着の予定だったら相当な時間カテリナさんに待ちぼうけを食わせるところだった。

マリウスにはあまり気を使わないように言っておかないといけないかも知れないな。逆にこっちが気を使う。

「ええ、お屋敷のほうは皆いるので平気です」

「そりゃ良かった。乗ってください」

「ありがとうございます」

カテリナさんを荷台に引き上げた。ルーシーが早速駆け寄って、尻尾をふりふりしている。カテリナさんの表情が綻んだ。

「かわいいですね」

「そうでしょう！」

ディアナが胸《マ》《マ》をはって言った。かわいいのは確かだが、ディアナの親バカっぷりにドンドン磨きがかかっているような……。今更か。

サーミャがやれやれといった感じでため息をつく。その気持ちも分かってしまう。

「あ、このままあっちへ進んでください」

ひとしきりルーシーをモフり倒したカテリナさんが、指を差してリケに行き先を指示する。

「大丈夫なんですか？」

リケが恐る恐る、指示されたほうへ竜車を動かした。

「ええ、都に住んでいる人……特に貴族は別扱いなので」

カテリナさんが事もなげに言った。貴族が別扱いなのはそりゃそうか、という感じである。そこに俺たちが乗っかってしまうのはちょっと他の人に悪い気もするが、ありがたくコネの力を行使させてもらおう。

門のところではカテリナさんが懐から何かを取り出し、衛兵に見せる。多分エイムール家の通行証みたいなもんだろう。衛兵はそれをチラッと確認すると、敬礼をして俺たちを通してくれた。

門をくぐると、大通りが広がり様々な人たちがいる。何度か見たが、この光景には心躍るものがあるな。

「おおー！」

大きな街路を見て、サーミャが声を上げた。これだけの幅の道と人は街でも見ることはない。

老若男女、種族さえも様々な人が通りを行き交ったり、露店を広げたり、立ち話をしたりしている。

その向こうには大きな城（前の世界のノイシュバンシュタイン城みたいなものとは違い、イメージ的には要塞に近い）がその威容をもって都の主の権勢を示している。

ディアナは地元だし、ヘレンは時々来ていたみたいなので別として、はじめて来た面々は目を輝かせている。リディもだ。

「いろんな人がいますね」

目を輝かせたまま、リディが言った。今現在、都で一番珍しいのはエルフのリディだと思うが、それを面に出さないようにして、俺はつとめてのんびりと返す。

「リザードマンたちは街ではほとんど見ないからなぁ」

「巨人族の人、大きいですねえ」

リケが感心した声で言う。見た目には人間の少女に見えるが、ドワーフなので立派に成人している（らしい）彼女からしたら、俺たちよりも更に大きく見えることだろう。

完全「おのぼりさん」状態になってあちこちを見回す皆。それに負けず劣らずキョロキョロしているのがルーシーだ。

尻尾をパタパタ振りながら、荷台の上を縦横無尽に動き回って、荷台から動く景色を見ている。

ヒョコッと荷台から顔を覗《のぞ》かせると、近くにいた通行人は一瞬ギョッとするが、すぐに和やかな顔になる。

大人の犬（狼《おおかみ》）だったら怖さのほうが勝つかも知れないが、ルーシーはまだ子狼で、愛嬌《あいきょう》がある。

もちろん犬が苦手な人はこの世界にも多くいるとは思うが、大抵は可愛さに軍配が上がるだろう。

そうやって通行人や露店の人々を和ませつつ、その様子に車内の俺たちも和みながら、竜車はエイムール邸へ進んでいった。

エイムール邸に着くと、カテリナさんの指示で客用の馬車止めに竜車を止める。

クルルを車から外したり、ルーシーを荷台から下ろそうとしていると、屋敷から使用人の人たちが出てきた。

「皆様、ようこそお越しくださいました」

「ボーマンさん。それに皆さんもわざわざ出てこなくても結構でしたのに」

「いえいえ、お客様がいらしているのにそんな無礼な真似《まね》をいたしますと、エイムール家の名に関わりますので。生憎《あいにく》当主は出かけておりますが、自分の家と思ってお使いください。そう仰せつかっておりますので、ご遠慮なく」

「ありがとうございます」

声をかけてきたのはボーマンさんだった。相変わらず雰囲気が柔らかい。恰幅の良さが拍車をかけているようにも思える。使用人の人たちもニコニコと俺たちを出迎えてくれた。

マリウスはいないらしい。まぁ、普通の日に伯爵が暇、ってのは王国大丈夫かとなるもんな。

「お嬢様もお元気そうで何よりです」

「ええ。皆も変わりないみたいで安心したわ」

ボーマンさんはディアナにも声をかける。ディアナもそれに応える。

すぐに女性の使用人の人たちとキャッキャし始める。前に帰ってきたときもそうだったけど、仲良いんだよな。

ディアナはそのままうちの女性陣――俺以外全員だが――の紹介を始めた。

「大事なものは屋敷の中でお預かりいたしましょう」

「すみません、助かります」

それを横目にボーマンさんと俺は荷物を屋敷に入れる。と言っても俺の刀といくつかの武器くらいで、それもすぐに済んだ。

「そろそろお食事かと思いますが、どうされるので?」

「ああ、行こうと思ってるところがあるんですよ。用意してくださってたらすみません」

「いえいえ、旦那様が〝おやっさん〟のところに行くだろう、と仰《おつしや》っていたので、失礼ながらご用意はいたしておりません。お気になさらず」

「それを聞いてホッとしましたよ」

俺は偽らざる自分の心境をボーマンさんに伝えた。あらかじめちゃんと連絡しておくべきだったな。危うく食事を無駄にするところだった。マリウスのおかげで助かったとは言っても、今後は気をつけるとしよう。

「おーい、行くぞー」

俺はまだ話している皆に声をかける。名残惜しいだろうが、用事が早く済めばまた戻ってきて、お言葉に甘えてゆっくりさせて貰《もら》えばいい。

皆から返事が返ってきて、エイムール邸を出る。振り返ると、カテリナさんがルーシーを抱っこして手を振っていた。

さて、繰り出しますか。


まずは腹ごしらえだ。ある場所を目指して、俺たちは内街を歩いていく。このあたりの貴族が住んでるところは、まだ人通りもそんなに多くはない。

ディアナによれば「外街も大体知ってる」とのことで、サンドロのおやっさんの店の場所を聞いてみると、心当たりがあるようなので案内をお願いしている。

外街を知っている理由については秘密のようなのだが、ボーマンさんが苦笑していたから、多分兄弟と抜け出していってたとかだろうな。

迷いなく進んでいくディアナについていくと、やがて門が見えてくる。外街とこの内街を区切る門だが、いざことが起こればここも封鎖して（当然、外壁の門も閉じられる）障壁にするのである。

なので、門のそばの建物は他の建物に比して高く作られていて、衛兵の詰め所になっている。

見上げると、警備をしているらしき兵士が建物の上にもいるのが見えた。

衛兵にディアナが札を見せて、軽く敬礼をする彼の横を通り過ぎる。戻るときは再びこれを見せるというわけだ。

万が一盗まれた場合だが、帰りがあんまり遅いときはエイムール家の誰かがここまで迎えに来てくれることになっている。だが、なるべくならその手間はかけさせたくないな。

外街へ出ると、一気に喧噪《けんそう》が増してくる。街には度々行っているし、さっきも通ってきたから喧噪そのものに違和感はない。

ただ、街では見ないような種族がいたり、人の数も段違いに多い。これは人混みが苦手な人だと人酔いしてしまうかも知れない。

ディアナが先を行く。しかし、人でごった返す中をスイスイと行ってしまうと、慣れているヘレンや俺（前の世界での話だが）はともかく、他の三人がはぐれてしまうかも知れない。

俺が声をかけようかと思ったとき、ディアナはスッと歩く速度を落とした。どうやら同じことを考えたらしい。

「はぐれないようにな」

俺はサーミャとリケ、リディに声をかけた。全員で距離を詰めて歩く。

女性の中に男、それもオッさんが一人だけまぎれていて、人間が三人、他の種族が三人でしかも一人はエルフ、という状況だ。

しかし、エルフがあまりに物珍しすぎるのか、はたまたヘレンが周囲に目を光らせてくれているおかげか、変なちょっかいをかけてくるやつは今のところいない。

もしいれば、うちのナイフの切れ味を示さないといけなくなるので、なるべくなら勘弁してほしいところだ。

ヒヤヒヤしながら、周囲に気を配りつつ、なんとか何事もなくおやっさんの店に辿《たど》り着《つ》いた。

〝金色牙の猪亭《いのしし》〟と文字が書かれた看板には、その名のとおり、牙の部分が金かあるいは真鍮《しんちゅう》で象嵌《ぞうがん》された猪のレリーフが彫られている。

黒の森にいる猪とは少し違うように見えるから、別の種類かも知れない。

俺たちは採光も兼ねているのだろう、開け放たれた入り口から中に入る。

まだ昼飯には少し早めの時間だが、なかなかの客入りだ。人気店だというおやっさんの自称は嘘《うそ》ではなかったらしい。

「いらっしゃ〜い」

入ってきた俺たちを若い女性の店員さんが出迎えてくれた。

「あっちのテーブルが空いてるわよ」

「ああ、ありがとう」

派手でない上着とスカートの上にエプロンをつけたその店員さんに示されたテーブルへ俺たちは着いた。

「さーて、何を食べようかな。都の名物って何なんだ？」

「うーん、下町でおいしいのと言ったら、羊の煮込みかしらね」

「ほほう。それはうまそうだ」

固くても良いからそこにパンをつけたり、野菜系の何かを頼めば良さそうだな。

そのへんは適当に任せるか。そう思って注文しようとすると、覚えのある声が聞こえてきた。

「あれ？　エイゾウの旦那じゃねぇですかい？」

「おお、ボリスじゃないか。元気にしてたか？」

「ええまぁ。おやっさんに怒鳴られる以外には何もねぇです」

そう言ってボリスと俺は大笑いする。

「ああ、ここに座ってるのがうちの家族だ」

座っている家族の皆を俺が紹介すると、ボリスは口笛を鳴らした。

「これはまた……旦那、モテるんですねぇ」

「言っておくが、嫁さんではないからな」

「へいへい。あ、おやっさん呼んできやす。おやっさーん！」

全然信用してない口調でボリスはそう言って奥に引っ込む。かと思ったら、すぐに馬鹿デカい声が飛んできた。

「なにぃ!?　エイゾウが!?」

相変わらずだな、おやっさん。俺は思わず笑みを漏らす。

ドスドスと床が揺れている錯覚すら覚えさせるような足音で、背は低いがガッチリとした身体《からだ》の中年の男性がやってきた。

この店の主、サンドロのおやっさんである。

「ドワーフ？」

リケが思わずそう言ってしまうのも無理はないが、おやっさんは頭のてっぺんから爪先まで人間だ。……そのはずだが、遠い先祖にドワーフの血が混じっていて隔世遺伝で特徴が現れている可能性は否定できない。

「よう、おやっさん。都に来るついでに寄ってみたよ」

「なんでぇ、うちはついでかよ！」

俺の言葉におやっさんがぶんむくれた。

「冗談冗談、都に来るんだから、ここも目的の一つだよ。言っただろ、来るって」

「おう、ありがとよ！」

主目的ではないにせよ、ここへ来るのも楽しみの一つだったのは間違いない。

「で、こっちがお前さんのカカァたちかい？」

「家族なのはそうだけど、嫁さんではないよ。前も言ったろ」

「そうだったか？　別嬪《べっぴん》さん揃《ぞろ》いだなぁ！　エイゾウがこうも隅に置けないたぁ思わなかったぜ！」

そう言って呵々《かか》大笑《たいしょう》するおやっさん。うちの家族の視線が冷たくなっていくのを感じて、俺は話題を変える。

「ま、まぁ、そんなわけでせっかく来たし、なんかオススメあったら作ってくれよ」

「おう！　任せとけ！」

おやっさんは力こぶを作って——料理人であるということが信じられないくらい盛り上がっていた——厨房《ちゅうぼう》に引っ込んだ。


その後のおやっさんの食事攻勢はものすごいものがあった。

俺たちがストップをかけないといつまでも料理を持って来かねない勢いでドンドン料理が出てきたのである。

おやっさんが出してくれたのは羊の煮込みに始まり、甘辛い感じの味付けがされた牛の肉を焼いたもの、茹《ゆ》でた野菜に少し酸っぱいソースをかけた温野菜サラダみたいなもの、カレーっぽい風味の豚肉を焼いたもの、鶏肉《とりにく》の香草焼きみたいなものなどなどで、そこに固めのライ麦パンと野菜のスープみたいなものがついた。

〝町の食堂〟にしては豪華なラインナップである。どれも美味《うま》い。これはおやっさん相当に張り切ったな。

しかし、量がやたらと多い。リケとヘレンがいてくれて助かった。彼女たちは食べる量が普通の女性より多いからな。二人ともどこに食べたものが消えているのかと思うくらいに細いが。

「猪とか鹿も美味いが、牛や羊、鶏も美味いな」

「飼います?」

「いやぁ、家の場所が場所だからな……」

あの森の中で牛やら羊やらを飼う、というのはちょっと想像できない。餌になる草はそこそこ豊富だが、牛や羊を放牧できるような広大な敷地はない。毎日街道のほうまで移動させれば大丈夫だろうが、その手間をかけていると鍛冶屋の仕事は諦めざるを得ない。それは本末転倒だ。

鶏のほうは鶏舎を整えれば飼えるかも知れないし、そのときは鶏卵も入手できるわけで、魅力的ではある。

ただ、やっぱり管理も一筋縄ではないし、フラッと家の周囲から外に出ていけば狼《おおかみ》たちの御馳走《ごちそう》になるだけだろうから、あんまり現実的ではなさそうだ。

「外街にこんな腕の良い料理人がいたのねぇ。エイゾウは色々知ってるわね」

感心したようにディアナが言った。貴族のお嬢さんの口にあうということは、相当な腕前なのだろう。繁盛店なのも頷ける。

実際、近所の店の人や旅人もひっきりなしに来店していて、料理に舌鼓を打っている。しかし、である。

「俺はマリウスの遠征に従軍したときに知り合ったから、知ってたのは俺じゃなくてマリウスだぞ?」

「え?」

驚いた顔で返してくるディアナ。そうだぞ、知ってたのは君の兄さんだ。俺じゃない。そもそも従軍するまで、都での知り合いと言えばエイムール家の人々と侯爵くらいなもんだった。

「家を抜け出してここに来て気に入った、とかじゃないのか?」

「兄さんならありえるわね……」

ありえちゃうのか。それでいいのかエイムール家。まぁ、つい最近までは三男坊だったんだから、立場的には多少自由だったんだろうし、この店の場所に心当たりがあるお嬢様もいるんだから問題はない……のだろうか。

やがて店がごった返してきた。もりもりと料理を平らげて一息ついていた俺たちは席を空けるべく、会計をしようと店員さんを呼ぶ。

「親父《おやじ》が代金はいらないって言ってたよ」

最初に俺たちを出迎えてくれた女性の店員さんがそう言った。この子、おやっさんの娘さんだったのか。

「え？　いや、でも」

流石《さすが》にあれだけ食って無料はまずかろう。こういうので負担をかけるのは心苦しいし。

「〝包丁の手入れの礼〟だからって。何が何でも払おうとしたらボリスと協力して金をもらわずに追い出せって」

完全に先読みされている。娘さんの後ろにはいつの間にかボリスが出てきていて、おやっさんに負けず劣らずな力こぶを見せていた。

服装のせいでよくわからないが、もしかしたら娘さんも腕っぷしに覚えがあるのかも知れない。とは言っても、チート持ちと地域最強クラスの傭兵《ようへい》、元々才能があった上、その二人に鍛え上げられた剣士に獣人までいるのだ。

戦闘になれば俺たちが勝つのは明らかだが、お互いに怪我《けが》は免れまい。そもそも別に喧嘩《けんか》してまでおやっさんの好意を固辞したいわけでもない。

「……わかりました。それじゃあ御馳走になります。おやっさん！　ありがとう！」

厨房のほうに大声でそう言うと、落雷のような大音量で、

「おう！　また来いよ！　来ねえとぶっ飛ばすぞ！」

と返ってきた。来なけりゃぶっ飛ばしようもないと思うんだが、あまりにおやっさんらしい言葉に、俺は思わず苦笑ではない笑みを浮かべた。


おやっさんの店を出て、六人で街路を行く。

時間帯によるのか、来たときにはもう少し空《す》いていた道が混んでいる。俺たちは固まってスリなどを警戒することにした。

俺とヘレンとディアナの三人で警戒すれば滅多《めった》なことはないだろう。ヘレンなんかは同時に目立たないよう武器に手をかけつつ、わずかだが殺気を放っている。

この様子なら生半可なやつは近寄れもしないだろう。実際に俺たちの周りには少しだけ空間が空いていた。流石、凄腕《すごうで》の傭兵と言うべきか。

「気がついてるか？」

ヘレンがかろうじて俺に聞こえるくらいの声で言う。

「ああ。三人か」

俺がそう答えると、ヘレンはやはり小さく口笛を鳴らした。

「流石だな。二人までは分かると思ってたけど、三人全員か」

ヘレンが言っているのは俺たちを狙っている輩《やから》の数だ。いや、俺たち、というのは正確ではない。恐らくはリディを攫《さら》おうとしている。虎の獣人はそれなりにいるし、ドワーフもとても、と言うほど珍しくはない。ディアナも美人だが、手練《てだ》れっぽい人間に接近する危険を冒すだけの価値があるような格好を今はしていない。

だがエルフのリディについては、もし上手《うま》くいけば一攫千金《いっかくせんきん》のチャンスがあるように見えるだろう。

家族だから連れて行かないのもなんだなと思って連れてきたが、今後は変装をさせて来なきゃいけないな。そもそも今回もそうすべきだった。街で平気だったから大丈夫かと思って油断した、俺の失態だ。

そしてそれが三人。二人は目立っているが、一人は人混みに上手くまぎれている。そこそこの手練れだ。〝そこそこ〟と言った根拠は、リスクを冒してまで決行しないといけない連中の腕が良いとは思えないことと、そもそも俺たちに気づかれているところだ。

足がつきやすいだろうエルフを金に換える当てはあるんだろうから、ただのチンピラでもないんだろうが。

「エイゾウ、どうする？」

「追っ手をまけるか？」

「……難しいな。こっちは人数が多い」

まけるならそれが一番良かったんだが、仕方ない。

「このまま行けば人通りが少ないところに出るんだよな？」

俺はディアナに聞いた。ディアナは黙って頷《うなず》く。

「そこで仕掛けるか」

そう言うと、今度はヘレンが頷いた。

警戒を続けつつ、元々の目的だった店へ向かう。

目的の店は外街の中では高級だが、内街と比べると劣る……といったくらいの店である。

内街の店にしなかったのは貴族向けだからで、貴族向けの豪奢《ごうしゃ》なデザインは作るのが面倒だというのもあるが、そんな高いものを常に身につけているのもどうかと思ったからだ。

手に入れやすい感じのものよりは、もう少しだけいいやつ、くらいの絶妙なところを押さえたいのだ。できるかどうかはともかく。

そういった外街の人々の大勢がおいそれとは買えない、かといって内街の貴族も足繁《あししげ》く通ったりはしない感じの店が多いところなので人通りは比較的少ない。比較的、なので人にまぎれて接近するのがなんとかできるくらいにはまだ人通りがあるが。

そこへ進んでいくと、三人も徐々に距離を詰めてくる。動きから言って、二人に目を向けさせて一人がその間に……みたいなつもりなんだろうな。

俺とヘレン、そしてディアナは目配せをして頷くと、スッと角を曲がって更に人通りの少ない路地へ移動した。

三人が慌てて付いてきたので、俺たちは立ち止まって声をかけた。

「さて、もう気がついてるのはわかったと思うがどうする？　逃げるなら何もしないことを保証しよう」

これで立ち去るなら、とりあえずは見逃してやる（余罪は山ほどあるとは思うがそれはそれとして）が、そうでないならこちらもそれなりの対応をするだけだ。

バレた時点で失敗しているようなものだし、できれば逃げてほしいんだがな……。

場に緊張が走る。三人は逡巡《しゅんじゅん》しているようだ。こういうときにサッと決断できないのは減点だな。

俺は懐のナイフに手を伸ばしつつ、相手の対応を窺《うかが》った。

「こっちは手練れの剣士が三人。ドワーフも獣人もいるし、エルフは魔法も使うぞ」

俺はそうハッタリをかましてみた。リケは自衛ができる程度だし、サーミャは身体能力は高いが、白兵戦はあまり得意ではない。

リディに至っては魔法が使えるのは確かではあるのだが、都のように魔力が薄いと十全に使えるかどうか。

とは言え、カツラを被《かぶ》ってそれとはわかりにくいが〝迅雷《じんらい》〟ことヘレンと、それと渡り合った剣士（俺のこと）がいるのだ。

それだけでも十分なのに、ディアナもそこらの人間には負けないくらいに強い。なんせここ最近はヘレンにみっちり稽古をつけて貰《もら》っているのである。滅多な相手には負ける気がしない。

つまり、連中は俺たちに気づかれた時点で負けているのだ。問題は連中がそれを理解できるかどうかだ。

ジリジリと後退していく三人。失敗を悟ったなら立ち去るのが正解なのは間違いない。

やがて三人は脱兎《だっと》のごとく駆け出していく。

「次見かけたら容赦しないからな！」

その背中に俺は大声をかけた。とりあえずは一段落か。だが、この瞬間を狙っている輩が他にもいないとは限らないので、警戒は解かずに本来の目的地へ移動する。

「ビックリしました」

「私もです」

その道すがら、リケとリディがそう言った。サーミャは臭いである程度は分かっていたが、人が多いとその臭いもまぎれてしまうので特定が難しかったらしい。

「あいつらにも言ったが、手練れと獣人で四人も優秀な護衛がいるんだ。貴族様でもこれ以上はなかなか望めないし、安心してくれていいぞ」

俺は少しおどけて言った。少しでも二人の緊張がほぐれるといいんだが。

「あの森を思い出しますね」

その様子にクスリと笑いながらリディが言った。俺がリディの護衛として洞窟に突っ込んでいったときか。

「あの森って？」

それを聞いたヘレンが不思議そうな顔をする。

「ああ、実はリディが俺の家に来るきっかけはな……」

移動しながら、その時の話をする。店に着くまで、ヘレンは目をキラキラさせながら俺の話を聞いていた。こういう話好きなんだなぁ。今度熊退治の話もしてやるか。

「ここよ」

ディアナが示した店はなかなか立派な構えの店だった。流石にショーウィンドウはないが、前の世界のアクセサリーショップのような雰囲気がある。

取扱品を考えれば似たような雰囲気になるのは当然か。

中に入ると、平台にいくつかのアクセサリーが並んでいる。金色や銀色に輝いていて、なかなかに凝ったデザインをしている。

金色で安いのは真鍮《しんちゅう》なんかの金でない金属、中間は金メッキ、高いのは純度が低い金のようだ。純金製のものはこういうところに並べないのか、見当たらなかった。

こういうところで純金のを並べても買っていく客が極端に少ないだろうし、そもそも仕入れてすらないのかも知れないが。

銀のほうも値段は様々だが、こちらは純度とデザイン、つまりは加工に要した時間の違いみたいだな。地味にチートがそのへんを教えてくれている。生産と少し鍛冶が関わるからだろう。

こういう店に来たことのないメンツ——まぁ、ディアナと俺（前の世界込みだけど）以外の全員があっけにとられている。

なんか凄《すご》いものが並んでる！　って感じなんだろうな。

「どういうのが良いか、探せよ」

「って、言われても分かんねぇなぁ」

俺の言葉にサーミャが返す。まぁそりゃそうか、サーミャは髪飾りをつけているけど、それ以外はシンプルだ。ネックレスを下げまくったりしてると引っかかりそうだもんな。

「私が見繕ってあげるわよ」

ディアナがどーんと胸を張って言った。

貴族のお嬢様の見立てなら間違いあるまい。俺は外見もそうだが、中身はそれ以上にオッさんなのだ。

そのへんのセンスはないのでお任せするが、休日に買い物に付き合うお父さん状態になるのは避けたい。

なるべく参加はしなきゃなと、さっきまでの警戒以上に気を引き締めるのだった。


パパッとディアナに一通り見てもらって、最初はサーミャだ。

「ど、どうかな」

木の枝が絡んだようなデザインの、金色のネックレスをつけて貰って照れくさそうにしている。

もっとワイルドな、牙をモチーフにしたようなものを選ぶかと思ったら、かなり落ち着いたものだったので少し驚いた。

しかし、もちろん似合ってないなんてこともなく、サーミャの可愛《かわい》らしさ（本人はワイルド系のつもりなんだろうとは思うが）をしっかり引き立てているように思う。

普段つけている緑の髪飾りにも合っている。金色ではあるが、サーミャは髪などの体毛が黄色……というか虎柄なので、派手すぎに見えない。

「似合ってると思うぞ」

俺は素直にそう言った。サーミャはいよいよ顔を赤くしてモジモジしはじめた。こういうの慣れてないからな。

次にリケである。リケのは銀色のゴツっとしたペンダントトップに小さな赤い宝石が嵌《は》まっていて、かなりシンプルだ。

「これは鍛冶屋の火ってことか」

「そうね」

俺の言葉に応えたのはディアナだった。かなり小さいが赤い宝石が光を反射して、さながら火が揺らめいているようでもある。良い見立てだ。

今日のリケは普段よりも露出を抑えめにした（普段は暑いからか割と露出度が高い）地味な服を着ているのだが、ちょうどいいワンポイントにもなっている。

「リケもよく似合ってるなぁ」

「えへへ、ありがとうございます」

リケは満面の笑みで言った。少しだけ照れているようだが、まぁ、うちの家族で一番褒められ慣れているというか、鍛冶のほうでよく褒めてるからな。

皆が皆俺の言葉に照れまくっていたら、俺の気恥ずかしさが限界に達して、俺のほうが店から飛び出しかねない。

「リディにはこれよ」

「おお」

そして、エルフのリディである。サーミャのにも似た感じので、ただしこちらは銀のネックレスだ。リディは銀髪なので、それと合わせたのだろうか。

リケのと同じような大きさの、こちらは緑の宝石が光を反射していた。これは森のイメージかな。サーミャのとリケのを合わせて二で割ってリディ向けに味付けした感じになっていていい。

そして何より、

「森の妖精、って感じがするなぁ」

感じたままに俺がそう言うと、リディは黙ってぽすぽすと俺の胸を殴ってくる。だが他の家族と違って痛くない。手加減しているのか、他の家族との筋力の違いか。

なんとなく後者のような気はするが、我が家の言わぬが花の一つである。

「ア、アタイはいいよ……」

「何言ってるの、家族全員分やるって言ったでしょ」

蚊の鳴くような声で抵抗したヘレンをディアナがねじ伏せて選んだのは、赤い宝石の耳飾りだった。宝石はリケのペンダントのものよりも一回り大きい。

今はカツラを被っているので髪色が違うが、それでも似合っている。赤毛のときだともっとマッチするだろう。

ディアナの審美眼もなかなかだ。今の髪色に合わせつつも、本来の髪色でちゃんと似合うようにしているのだから。

「おー、いいじゃないか」

俺が褒めると、ヘレンも照れて正拳突きを繰り出した。風切り音がしそうな速度である。

俺はなんとか手のひらで受け止めた。パンと音が響き、俺の手に衝撃としびれが走る。どんだけ本気で繰り出してきたんだ。

手を振ってしびれを払いながら、俺は続けた。

「光って目立つから〝仕事〟のときはつけられないだろうが、かわいいんだから普段はつけてればいいいんじゃないか」

率直な感想を述べたつもりだったが、ヘレンはもう一度俺に正拳突きを繰り出そうとして、止《や》めた。

その代わりなのか、最初に抵抗したときのような小さい声で、

「あ、ありがとう……」

と、ぼそっと言い、俺は心のなかでだけ「そっちのほうが破壊力高いんだがな」と抗議しておくのだった。

「それで、ディアナはどれにするんだ？」

「私？」

ディアナはキョトンとした顔をして言った。俺は頷《うなず》く。

「そりゃあそうだろう。みんなも楽しみにしてると思うぞ」

俺の言葉に今度はディアナ以外の全員がウンウンと頷いた。

「俺たちじゃディアナみたいにセンス良く選べないからな。すまんが自分で選んで貰わないといけないが」

「えぇー、じゃあエイゾウ付き合ってよ」

「俺？」

次はディアナが頷く番だった。

「自分で選んで、それを見せるだけなんてつまらないもの」

「そういうもんかね」

「そういうもんなの」

ディアナは綺麗《きれい》な顔でクスッと笑う。俺は頭を掻《か》き掻き、並べられている装飾品に近づいた。

ううむ、綺麗だということと、ある程度のデザインの良《よ》し悪《あ》しは分かるが、どれがディアナに一番いいかまでは分からんぞ。

あと分かるのは工芸品としてのでき――つまり、鍛冶屋として見たときにどれくらいのできか、だ。

でも、これはわかったところであまり意味はない。仮に神の手と言われる職人の手になる装飾品であったとしても、ディアナに似合わなければ一銭の価値もないのだ。

「それじゃあ、これはどう？」

ディアナはシンプルなデザインのネックレスを手に取って胸元に当てた。今着ている服は普段着よりは派手めであるが、〝貴族のお嬢様〟といった感じはしない。

その服とディアナの髪とマッチしてよく映える。

「いいんじゃないか」

一方の俺は完全に〝買い物に付き合っているお父さん〟のようなコメントを吐き出してしまう。

「ちゃんと見てる？」

「もちろん。見た上で似合ってると思ったから言ったんだ」

ディアナが少しだけ頬《ほお》を膨らませ、俺は内心少し慌てつつ釈明すると、膨らんだ頬が元に戻った。

「なぁ」

「なに？」

「完全に夫婦みたいだな」

「そうねぇ」

小声でサーミャとリケが会話しているのが聞こえるが無視だ無視。

「じゃあ、エイゾウはどれがいいと思う？」

「また無茶《むちゃ》なことを……」

俺は顎に手を当てて考え込む。さっきディアナが手に取ったようなシンプルなネックレスもいいと思うが、この少し大きめの青い宝石が嵌まったデザインのペンダントも似合う気がする。

「これなんかどうだ？」

「あら、いいわね」

俺が示したペンダントを手に取って、胸元に当てるディアナ。

「うん、似合ってると思う」

「じゃ、つけて」

「ええ……」

ディアナはくるっと後ろを向いた。ヒキワやカニカンみたいなものではなく、フックを引っ掛ける方式だ。

俺はそっと近づいて、ディアナのうなじあたりに手をやる。「失礼します」と言わないのはせめてもの抵抗だ。

一瞬ディアナがピクリとしたが、手元が狂うこともなく引っ掛けることができた。

「どう？」

「おおー、いいな！」

「親方が選んだってのがまたいいですね」

「（コクコク）」

「ちょっと羨ましい……」

ディアナが俺以外の皆に見せる。とりあえずディアナにも皆にも好評なようで良かった。これで「センス皆無」と言われたら、向こう三日は立ち直れない。

「よし、じゃあ買うか。すみません、これ全部ください」

「「「「えっ⁉」」」」

俺の言葉に全員が驚いた声を出す。店の人も驚いているように見えるが、買っていくとは思ってなかったのだろう。我ながら金持ってるようには見えんしなぁ……。

「いや、このまま買わずに出るのも失礼だろ。誰か一人にだけ買うとかもなしだ。気になるなら普段仕事の手伝いをしてくれてる報酬だと思えばいい」

これとは別に共通のものは作るが、それはそれ、これはこれだ。

「そういうことで、お願いします。いくらです？」

これ以上揉《も》めない間にさっさと買ってしまうべく、店の人に言うとほくほく顔で会計をはじめた。そこそこの値段ではあるが、今までの稼ぎを考えればどうということはない。ないはずだ。持ってくるときにまだかなり残ってたし。

「ありがとうございました！」

店の人たちが揃《そろ》って頭を下げてくれる。俺たちのほうは、ちょっとめかしこんではいるが、あくまで普通の格好なので若干の違和感がある。

でもまぁ、他人の感謝をこういう形で受け取るのも悪くはない。

こうして、俺たちは宝飾品店を後にした。

再び人でごった返す街路を六人で行く。

さっきみたいなことがまたあるといけないので警戒はしているが、ディアナに聞いても「ああいうことはあまり聞かない」らしい（街中の犯罪行為が貴族の娘の耳にどれくらい届くかはともかくとして）し、さっきの連中が失敗したことが分かれば、他の連中も手控えるだろう。その分は若干気楽である。

思ったよりも早く用事が済んでしまった。まだ家に帰るには早い時間なのだが、早くエイムール邸に戻るべきか、それとも少し街の様子を見ていくべきか。

エイムール邸に戻るように動いてはいるが、せっかく都に来たのだし、他の店を覗いてみるのもいいだろう。

「考え事？」

どうしようか迷っていると、ディアナが声をかけてきた。彼女は都に来てからテンションが高めだ。一月に一回とか来るのも良いかもなぁ。そのたびにエイムール邸に世話になるのか、という問題はあるが。

「考え事ってほどのもんでもないよ。せっかくだから、他の店を覗いていこうかどうしようか迷ってただけだ」

「なるほどねぇ。いいんじゃない？」

エイムール邸にはクルルとルーシーを預けっぱなしだし、戻る選択肢もありだと思う。都は魔力が薄いから、クルルの腹具合も気になる。彼女は食事の代わりに魔力を摂取する。

逆に言えば魔力が薄いところではその分を食事で補う必要があるわけだ。あまり長いこと魔力の薄いところにいると、腹がドンドン減っていくはずなのである。

だが、とりあえずディアナ《ママ》の許可は得た。あとは……。

「そういえばリディは平気か？　頭痛とかはないか？」

「ええ。これくらいの時間ならなんともないです」

リディは微笑んだ。エルフである彼女も魔力の定期的な供給が必要だが、数日くらいなら無くても耐えられるらしい。クルルのように腹が減るのかどうかは怖いので聞いてない。

魔力が必要な理由は「そういうものだから」ではあるが、エルフが長命である理由は魔力の摂取が大きな要因らしい。細胞の老化を魔力で抑えているとか、そんな感じなんだろうな。

数日平気とは言っても、頭痛がするとか体調に影響があるとかならさっさと帰るところだが、そうでもないらしい。

じゃあ、他の皆に異存がなければちょっと露店でも冷やかしていくか。

「他の皆も大丈夫か？　もう目的は果たしてるから、人に酔ったとかあるなら帰ろう」

「大丈夫だよ」

「私も大丈夫ですよ」

「アタイもへーき」

みんな大丈夫なようである。じゃあ、せっかくだから回るか。

「じゃ、ちょっと露店を見ていこう。欲しいものがあれば買うから言ってくれよ」

俺の言葉にそれぞれの了解の声が返ってきて、俺たちは足を露店の多いほうへ向けた。

露店が多い、ということは当然ながら人が多い。その分警戒も強めないといけないわけだが、今のところ怪しいやつはいない。

巨人族やリザードマンなどの珍しい種族も数多くいる。とは言え、一等珍しいのはエルフのリディなのだが。

そんなわけでやはりそれなりの注目を集めつつ、いろんな露店を見て回る。

思ったよりも食べ物の露店は少ない。甘い感じのパンみたいなやつを売ってる店でそれを買いつつ聞いてみたところ、

「都の露店で温かい食べ物を売るのは、かまどの準備やらが大変なので少ない」

ということだった。そういえばこの店も、すでに焼かれたものを並べているだけである。朝イチでパン屋のかまどが空いたら、そこを借りて焼いてから持ってきているのだそうだ。

情報料ということでお釣りを遠慮すると、にこやかに色々教えてくれた。こういう情報はディアナも知らないので、直接集めるに限る。

人々の間をすり抜けつつ、時折俺に突き刺さる視線に「もしかして、女を侍《はべ》らしている男に見えてるのでは」と若干の冷や汗を流しながらまわっていると、珍しく紙を扱っている露店を見つけた。

そこの店主と、背の低い女性が話し込んでいる。

「もう少し安くならないのです？」

「お上に納められないやつを持ってきてるから、安くはしてるんだけどこれがギリギリだねぇ」

女性は紙が欲しいが、少し高いようだ。見てみると、なるほど品質はなかなか良さそうに見える。それだとまぁ、値切るのは難しいだろうな。

「じゃ、私が出しますよ」

俺は後ろから口を挟んだ。女性はビックリしてこちらを振り返り、更にビックリした顔になる。

「エイゾウさん！」

「どうも、お久しぶりです。フレデリカさん」

「エイゾウさんがなぜここにいるのです？」

「ちょっと家族と買い物に。作りたいものがあって、それの参考になればと思いましてね」

驚いた顔のままのフレデリカさん。相変わらずリスっぽい感じで微笑ましい。

「エイゾウがまた女ひっかけてる……」

心底呆《あき》れた声を出すサーミャ。大きな誤解があるな。

「この人は遠征のときにお世話になったフレデリカさんだよ。リディは知ってるよな？」

俺の言葉にリディがコクリと静かに頷く。証人がいて助かった。

「頭なでたりしてましたよね？」

リディの言葉に場の温度が下がった。さてはこれ助かってないな？　リケとサーミャはともかく、ディアナと何故《なぜ》かヘレンの視線が俺の頬あたりに突き刺さって今にも穴が空きそうだ。

「いや、あれは頑張っててえらいなぁと……」

しどろもどろではあるが、正直に話す。でも本当に他意はないんだよ。

俺が慌てていると、リディがクスリと笑った。

「知ってますよ。ちょっとからかっただけです」

「お、おう……」

俺はホッと胸をなでおろす。俺への突き刺さるような視線も一旦はなくなった。

とりあえず誤解は解けたようだが（そう信じることにした）、フレデリカさんはどこかぽわんとしていた。

「どうしました？」

「いいえ、エイムール伯爵が言うみたいに、キレイな奥様方だなぁと思っていましたです」

カミロに続いてマリウスもか。自分の妹も預けてんのにそんな話にしちゃっていいのか。まぁ、あいつのことだから、問題にならないようにはしてるんだろうが。

「結婚はしてませんよ。家族ではありますが」

「そうなのです？」

「ええ。私は誰かを娶《めと》る気はありませんので」

さっきはフレデリカさんに対する家族の誤解を解いたが、今度は家族に対するフレデリカさんの誤解を解く番だった。

だったのだが、俺の言葉で家族の何人かがむくれている。

俺はため息をついて、一言付け足した。我ながら卑怯《ひきょう》だなとは思うが。

「……今のところは」

それで場の空気が弛緩《しかん》した。さっきまでの剣豪の間合いに入ってしまったかのような、寒々とした感じはなくなっている。

「なるほどです」

「ああ、すみませんご主人、その紙いただきます」

目の前で起きている出来事に目を白黒させていた露店の主人に謝りつつ、懐から銀貨を取り出して手渡した。こういうのはさっさと支払ってしまうに限る。

案の定、フレデリカさんが「そんな、悪いです」とか色々言っているが、俺も店主も気にせずにやり取りを終えた。値切らないのは店の前を占拠してしまった迷惑料も込みのつもりだ。

「はいどうぞ。うちでは基本紙は使いませんので」

「……ありがとうございますです」

やや不承不承ではあるが、うちでは使わないし、買ってしまったものなのでフレデリカさんは紙を受け取った。背負っていた背嚢《はいのう》にそっとしまい込んでいる。

「リスだ……」

俺たちに聞こえるかどうかくらいの声でサーミャがボソリとつぶやいた。

だよな。俺は心の中でだけ大きく頷く。どう見てもリスが巣穴に木の実をしまっているような感じなのだ。

そして、うちのかわいいもの好きたちがその様子を見て目を輝かせる。これはそのうち家に呼べって言うかもな。

「フレデリカさんは今日は仕事お休みなんですか？」

「いいえ、ちょっと休憩なのです。今日はそんなに忙しくないので長めに休憩してるです」

そのあたりは割と自由がきくらしい。ノルマみたいなもんがあって達成したら文句を言われない、とかかな。

せっかくなので、俺たち六人にフレデリカさんを加えた七人で露店をブラつく。時々工芸品のようなものを扱っているところもあるが、さっき行った店のものよりはかなりデザインがシンプルだ。刃物を取り扱っている店もあった。まぁ品質は推して知るべしである。

しかし、その分値段も安く抑えられていた。こういうのと棲《す》み分《わ》けができていければな、と思う。俺の腕前がいいのはチートによるものなんだし。

しばらく露店街の店先を冷やかして、仕事に戻るというフレデリカさんと別れる。彼女とはまたどこかで会う気がする。

「紙、ありがとうございましたです」

「いいえいえ。また何かの機会にお会いできたらよろしくお願いします」

ペコリと頭を下げたフレデリカさんに、家族皆で手を振って見送った。さて、うちもそろそろ帰り支度をするか。


意外な場所で意外な人に出会ったが、露店もざっと見て回ったところで、俺たちは内街、つまりはエイムール邸へ向かうことにする。

歩きながら、俺は心配事を口にした。

「クルルとルーシーがご機嫌ななめでないといいんだが」

「あの子たちは聞き分けが良いから大丈夫だと思うけどね」

俺の言葉にはディアナがそう言った。ママがそう言うんだったら平気かな。

「お腹空《なかす》かせてないですかね」

「それなんだよな……」

続くリケの言葉に、俺は頭を抱える。カテリナさんに幾らか渡してはあるが、ルーシーはともかく、クルルの分は〝食糧事情〟的に足りるか若干不安な部分もある。

「まぁ、ジタバタしてもどうしようもないし、なるべく早く戻るようにしよう」

俺が言うと、皆から同意の声が聞こえてきて、ディアナの先導で内街へと歩みを進めた。

内街の門番に、出るときに見せた札を再び見せる。門番は既に交代していたが、出たときと同じように軽く敬礼してくれる横を、頭を下げて通り過ぎた。

門を通った後、俺はヘレンにそっと近づいて、小声で言った。

「見ててくれて、ありがとな」

ここに来るまでの間、ヘレンはずっと周囲（主に後ろ）を警戒してくれていた。

ここから先は主に貴族の住むところである。外街と比べれば、全くと言って良いほど警戒をしなくて済むはずだ。

つまり、ここからはヘレンも気楽にできる。そこで俺はヘレンに礼を言ったわけだ。家族といえども、してくれた仕事に対しては労《ねぎら》わねば。今回の日帰り旅行には特にそういう趣旨もあって来ているわけだし。

俺の感謝の言葉を聞いたヘレンはというと、

「お、おう……」

顔を真っ赤にして、そう言うのが精一杯だった。

閑静と言うには少し騒々しい街を歩いていく。エルフであるリディはやはり注目されているが、外街ほど視線が不躾《ぶしつけ》ではないのが流石《さすが》と言うべきか。

内街に戻ってからはディアナの勝手知ったる領域でもあるからか、歩みが速くなる。

……クルルとルーシーのところへ一刻も早く戻りたいのも十分にあるだろうが。

エイムール邸に到着すると、警護の兵士が敬礼をした。そういえば、二人いる彼らはハルバードを装備している。うちから買い上げたやつだろう。

彼らの着ている金属鎧《よろい》ともなかなかマッチしている。貴族以外で来る人間はそうそういないと思うが、ハッタリもきいてて良さそうに見える。

俺たちは（ディアナ以外）ペコリとお辞儀をして、屋敷の門をくぐった。

「ワン！」

クルルとルーシーを預けていた裏庭のほうに回ると、ルーシーが勢いよく駆けてくる。一緒に遊んでいたのだろう、カテリナさんがちょっと残念そうだ。

ものすごいスピードで駆け寄ってきたルーシーがそのまま、しゃがんだディアナに飛びついた。尻尾がパタパタとものすごい勢いで振られている。この様子だとルーシーは平気かな。

クルルも「クー」と鳴くと、のそりと近寄ってきた。ヘレンとリケが撫《な》でてやっている。

「うちの子たち、ご迷惑をおかけしませんでした？」

俺はカテリナさんに聞いてみた。カテリナさんは首と手を同時に横に振る。

「いいえ、ちっとも。とっても良い子たちでしたよ」

そう聞いて俺はホッとする。

「ただ……」

カテリナさんは言葉を継いだ。

「クルルちゃん、よく食べるんですねぇ」

「あ、ご飯あげてくれたんですね。ありがとうございます」

「ルーシーちゃんも、たくさん食べて育ち盛り！　って感じで」

「ルーシーもですか？」

「ええ。人間の男の人くらい食べましたよ」

「ああ。そうなんですよ。あんなちっこいのにねぇ」

俺はなるべく平静を装ってそう答えた。クルルがよく食べるかも知れないのは分かっていたが、ルーシーも？

ルーシーのほうを見ると、ディアナとリディが構ってやっていた。俺はリディにそっと近づき、小声で言った。

「ルーシーがやたらとメシを食ったらしいんだが。家じゃそんなことなかったよな？」

リディはコクリと頷《うなず》いたあと、一瞬ボウっとしたような表情で、俺の言ったことの意味を考えた。

そして、目が見開かれ、ルーシーのほうを見る。

「な、何？」

その勢いにディアナがビックリしているが、リディは気にせずルーシーを注視し、抱きかかえるようにして目を覗《のぞ》き込《こ》んだ。

ルーシーはリディお姉ちゃんに抱っこされたくらいにしか思ってないらしく、相変わらず尻尾をパタパタさせている。

しばらく目を覗き込んだリディは、俺とディアナがかろうじて聞き取れるくらいの声で言った。

「ルーシーは、魔物化しています」

「やっぱりか」

ため息をつきながらの俺の言葉にリディが頷く。

ルーシーは仮に育ち盛りだとしても急に食べる量が増えすぎている。これはクルルと同じように、魔物化して魔力も取り込む必要が出てきたのに、それができなくて食事で補っているんだろう。

「そんな……」

ディアナはかなりショックを受けているようだ。

「まぁまぁ、魔物化とは言っても、必ず凶暴になるというわけじゃないんだろ？」

「ええ」

再びリディが頷く。

「純粋に澱《よど》んだ魔力から生まれた魔物はともかく、大抵は元の生物の気質を受け継ぎます。大黒熊《おおくろくま》が凶暴になるのは、そもそも凶暴なのでそれが強化されたに過ぎません」

「じゃあ……！」

「森狼はおとなしくて賢いので、おそらくルーシーはそんなに今と変わらないかと。より賢くなってしまうでしょうが、それで困ることは無いと思います」

今度はディアナが安堵《あんど》のため息をついた。今にもへたり込みそうなので、さり気なく腕を回して支えておく。

「とりあえず家に帰ろう。続きは車でな」

ディアナが少し力なく頷いて、俺たちは帰り支度をはじめた。ルーシーはカテリナさんにすっかり懐いたらしく、駆け寄って撫でてもらっている。

そのまま抱っこしたカテリナさんがじっとこっちを見てくるが、魔物化してるかどうかには関係なくうちの子はやらんぞ。

預けていた荷物を受け取って荷車に積み、クルルを繋《つな》いでルーシーを乗せ、俺たちも乗り込む。大した荷物もないので出発まではすぐだ。

「それじゃあ、ボーマンさん、カテリナさん。それに皆さんもお世話になりました。伯爵には宜《よろ》しくお伝えください」

「主人もお会いできずに残念がっておりました。また是非お越しください」

「またいらしてくださいねー」

より身分の高いマリウスには呼び捨て、かつタメ口なのに、その家の使用人の人たちにはさん付けの丁寧語という矛盾が我ながら面白く、それも手伝って笑顔で手を振ることができた。

ディアナも頑張って笑顔で手を振っている。竜車を操っているリケ以外の家族も手を振り、別れを惜しみながらエイムール邸を離れた。

そのままやはり人でごった返す外街を抜け（ルーシーが愛嬌《あいきょう》を振りまき、通ったところですれ違う人たちのストレスを下げていた）、外門を抜けて街道に出る。

「それでルーシーだが」

俺がそう言うと、自分が呼ばれたと思ったのか、景色を見るのに飽きたのかルーシーが膝の上に乗って丸まった。俺は撫でながら言葉を続ける。

「この子は魔物になっているそうだ」

俺の言葉に、リディとディアナ以外の皆が息を呑む。

「とは言っても、今のところ危険はない。普通の狼よりも賢くなる可能性はあるそうだが」

それを聞いて、皆がホッとする。

「それで……どうするんだ？」

おずおずとヘレンが聞いてくる。

「そりゃあ、うちで面倒見るさ」

「良いの？」

今度はディアナだ。俺は努めて表情を変えないようにしながら言った。

「一度助けると決めて助けたんだ。魔物だったからポイ、ってわけにもいかんし、もしよそ様に迷惑をかけるような魔物に育つなら、その時はちゃんと処分しないといけない。そこまでやってはじめて責任を持ったと言える……と俺は思う」

そりゃあ、俺だってできれば処分するようなことはしたくない。勝手に助けて勝手に処分、というのも傲慢すぎる。

だが、もしそうなったときは俺一人の手で始末をつけないといかんな。

気がつくと、俺の内心の決意を嗅ぎ取ったのか、サーミャが心配そうに俺のほうを見ている。

「そんなことにはならないよう、しっかり育てていかないとな」

俺は明るくそう言って、言葉を続けた。

「しかし、これでこの子と母親が群れを追われた理由がわかったな」

「魔物化したから……か」

サーミャがそう言う。彼女でも最初に分からなかったのは、そうそうあることじゃないからだろう。

「うん。親も魔物になっていたのか、ルーシーがなってしまったのを見捨てられずに一緒に群れを離れたのかまでは分からんが」

ただのひ弱な子で、他にも多数子供が生まれていれば見捨てられた可能性もあるが、そうではないのだ。

あの母親にとって今回生まれたのがルーシーだけなら、その子がどんな子であろうと守ろうとするかも知れない。

森狼は賢い動物だ。賢さは優しさにもつながる、と俺は思っている。そんな生き物ならあるいは……。

いや、俺の願望を押し付けるのはそれもまた傲慢か。俺は頭を振って、しょうもない考えを振り払った。

「ま、とにかくこの子はずっとうちの子ってことには変わりない」

「それだけわかればアタイはいいや」

ヘレンが場を和ませようとしたのか、明るい声で言うと、「アタシも」「私も」と皆賛同の声を上げてくれる。

こうして、俺たちのはじめての日帰り家族旅行は波乱が起きながらも、無事に終えることができたのである。

7章　森を征《い》く

「そういえば、湖の向こうって行ったことないなぁ」

きっかけは納品から帰ってきた日の夕食時に俺が放った何気ない一言だった。

毎朝クルル、ルーシーと一緒に水を汲《く》みに行っている湖だが、相当の広さを誇っているようで、対岸を見たことはない。

つまり、対岸は少なくとも五キロメートル以上離れていることになるだろうし、おそらくこの大地が球体なのだろうと推測している根拠の一つでもある。

「あれ、そうだっけ？」

そう言ったのは肉を一切れ飲み込んだサーミヤだった。俺は頷いた。

「ああ。それなりにあちこち行ってはいるが、確か北や西には行ってない。南はちょっとだけ行ったかな」

この工房がある場所は〝黒の森〟全体で言うと、東のほうにあたる。薬草を探したりだのなんだので、南のほうへ少し立ち入ったことがあるくらいだ。

都が〝黒の森〟から見ると南に位置するので、森を迂回《うかい》する街道沿いならかなり南のほうまで行ったことがあるが、それは行ったうちに入らないだろう。

サーミャは西から北あたりをウロウロしていて、この東側へやってきたところで大黒熊《おおくろくま》に襲われ……という経緯なので、そのへんとごっちゃになっているのかも知れない。

「じゃあ、北のほうへ行ってみようぜ」

「なんかあるのか？」

「いや、特には……あ」

サーミャが小さく目を見開いた。何か思い出したらしい。

「？　どうした？」

「そういえば、西から北のあたりにねぐらを構えてた頃、なんかキラキラした石を見つけたことがあったなと思って」

「鉱石か？」

「アタシじゃわかんなかったなぁ」

アポイタカラとまでは言わずとも、希少な鉱石なら是非とも確保したいところだ。もしオリハルコンなんかだったら、俺は飛び上がらんばかりに喜ぶだろう。

「もし宝石だったら、高値で売れたんじゃないの？」

ディアナが疑問を口にした。確かにキラキラしていたのなら、そのこと自体に価値が出そうなものである。

サーミャはその疑問には口を尖らせてみせた。

「それがさぁ、掘り出すと土みたいになっちゃうんだよな。だから、だーれもとらないんだよ」

その言葉を聞いて、俺はリディのほうを見る。お茶を飲んでいたリディは小さく頷いた。

「魔力が影響しているかも知れません。魔力が籠《こ》もっている間だけ輝き、抜けると普通の土のようになってしまう。相当に魔力が抜けやすい性質なのだとしたらあり得ます」

「それなら、親方が魔力を籠め直せば……」

「無事にそれが手に入るかもってことだな」

火酒のカップを空けたリケが続き、ワインの杯を干したヘレンが引き取る。リディは再び頷いた。

ふーむ、そんな変わった性質のものなら、俺の鍛冶仕事に使えるものかも知れない。

「雨期はまだ来ないんだっけ？」

「そうだな。まだもう少しありそうだ。何日かうろついても雨には遭わないはず」

俺の疑問に、もう一切れ肉を頬張《ほおば》ったサーミャが答えた。

「よし、じゃあ二、三日、行ったことのないところへ行くついでに、その石？　も探してみるか」

次の納品までは結構な間がある。休暇が長引いて一週間仕事をしなかったところで、残り三、四日もあれば納品するのに十分な量は確保できるだろう。

それなら一度、行けるところまで行ってみるのも一興だろう。万が一の場合、どれくらい逃げられるかの指標にもなるし。

食卓に賛成の声が響く。ちょっとした遠出だが、クルルもルーシーも喜ぶだろう。

俺としても、遠足に行くような気分でちょっと楽しみである。別に鉱石らしきものが見つからなくてもいい。クルルとルーシーも一緒に出かけられれば、もう既に目的を達成しているのだ。

二、三日分のお出かけに必要なものは何だろうか、ワイワイと家族で話をしながら、その日の夜は更けていった。

翌朝、俺たちはクルルに荷物を積んだ。ヘレンのアドバイスもあって、一週間は家に帰らなくても平気な量の食料も積み込んでいる。

水は至る所で補給できる、とサーミャが請け合ったので、あまり大きくない水袋をいくつかだけ持っていくことにした。

武装は一通り揃《そろ》えていくことになった。俺たちは途中で何に出くわそうが、撃退できるだけの実力はあると思っている。

しかし、流石《さすが》に徒手空拳でそれができるほどではない。それはヘレンでも同じ……はずである。彼女は素手でも大抵の相手を倒せそうな気がするが。

それはさておき、武装さえしておけば多少の障害は余裕で排除できるはずである。それこそドラゴンでもいれば別だろうが、こんな深い森にドラゴンはいまい。

「こいつも……持っていくべきだろうなぁ」

俺は〝薄氷《うすごおり》〟も持っていくことにした。こいつの出番もないに越したことはないのだが、うちの中でもなんというか、攻撃力が高い武器だからな。

腰に〝薄氷〟を佩《は》くと、その重みが伝わってくる。時折持ち出してはいるのだが、まだまだ慣れるには時間が足りない。

「よし、これでいいな」

「それつけてると、北方人って感じするな」

俺の姿を見たサーミャが言った。

「そうか？　服は全然違うし、魔族のニルダだって同じ形のを持ってただろ」

俺は片眉を上げて言う。サーミャは少し困ったような表情になった。

「うーん、なんて言うか、雰囲気がそういう感じなんだよな」

サーミャの言葉に、全ての準備を終えたみんながウンウンと頷く。

俺はなんとなく気恥ずかしくなって、皆に声をかける。

「よーし、それじゃ出発するか」

少しの笑い声と、了解の声（クルルとルーシーの声もだ）が家族から返ってきて、俺たちは家から森の奥へと歩みを進めていった。


「こうしてると、なんだか〝探索者〟になったような気になるな」

俺は自分たちの姿を顧みて言った。武装して、しばらくの間行動できる準備を整え、人の立ち入らぬ（正確には獣人たちは住んでいるのだが）森を、鉱石を探して進む。まさに〝探索者〟だ。

〝探索者〟――前の世界のゲームなどでは〝冒険者〟と呼ばれていたような人々である。この世界では主に遺跡の探索を行うことからそう呼ばれている。今の俺たちはいわば〝森の探索者〟というわけだ。

「あいつらはあいつらで大変そうだったなぁ」

周囲に目を光らせながらヘレンが言った。警戒はサーミャの鼻と彼女の気配感知、またの名を勘に頼れば大体問題ない。

「食うものや寝るところが保障されるわけでもないらしいしな」

俺もヘレンとは逆方向に目を光らせながら返す。この世界にはいわゆる「冒険者ギルド」のようなちゃんと組織だったものはなく、もっと緩い互助会らしきものがあるのみだ。

まぁ、前の世界でも「ギルド」の興りは互助会だったのだから、いずれ「探索者ギルド」ができるのかも知れないが。

「そうだな。そのへんはアタイたちと変わらない。明日をも知れぬ稼業さ」

ヘレンはそこで一度言葉を区切り、小さくため息をついた。目はどこか遠くを見ている。自分の見てきた何かを思い出すように。

「ま、今はちゃんと帰る家もあるし、メシもちゃんと食える。ヤバくなったらさっさと帰ろうぜ」

「だな」

ニヤッと笑って言ったヘレンに、俺もニヤリと笑う。

彼女がほんの少しだけ寂しそうな顔をしたことには、気がつかないふりをすることにした。

途中に小休憩を挟みながらしばらく進んでいく。時間的には太陽が南中して少ししたくらい。

そろそろ昼食をとる場所を探そうかと思った俺は、周囲の景色が若干変わってきたことに気がついた。

「多分、エイゾウたちはここから先に行ったことはないはずだ」

先頭を進んでいたサーミャが、戸惑っている俺に気がついたらしく、そう言った。

「生えている木の割合が違いますね」

キョロキョロと周囲を見回し、今度はリディが言う。

そう言われてよく見ると、うちの周りにはあまりないほうの木の割合が多いような気がする。木の堅さなんかは、うちの周りに多いのと比べてもそう変わらないので、どちらを木材に使うかなどについて、あんまり気にしたことはないが、土壌の養分か何かの影響で植生が違うんだろうな。

「下生えの草も種類が違ってます。こちらはうちの周りと同じで特に何かに役立つということはありません」

リディが生えている草をそっと撫でながら言った。ディアナがその隣に並んで、同じように草を撫でた。

「じゃ、これを目当てにここに来る必要はないってことね」

「そうですね」

リディはコクリと頷《うなず》いた。ここまでおそらくは真《ま》っ直《す》ぐ進んで半日弱。普段であれば薬草や果実などを探しながら進むし、日帰りする必要から、もっと手前までしか行ったことがなかった。

ここから先にあるもので特に有用なものがあれば、取りに来ることも考えるとは思うが、無いならしょっちゅう来ることもないだろうな。

おそらく、うちがあの場所なのにもそのあたりの事情があるのだろう。水場にほど近く、そこそこの距離を行く必要はあるが、果実や薬草が豊富に存在する。

実り豊かなあたりということは、それを見込んだ動物たちも数多くいるわけで、それらに対応する能力が必要になってくる。ウォッチドッグの采配、と言われたら納得する要素しかない。

さておき、植生が変わってから少し行くと、やや開けた場所に出た。小川の幅が少し広くなっている周囲で、木が少ない。

時折、水位が上がって洗われたりするのだろう。土よりも石砂利の多い場所である。

「ここらでメシにするか」

ざっと周囲を確認した俺は家族にそう声をかけた。ここでキャンプを張るなら、万が一を考えて避けるところだが、川から離れたところで一時的にメシを食うくらいなら問題あるまい。少しでも川の水量が増したり、水が濁ったりするなど、不穏になれば一気に避難するが。

「ほいよ。クルル！」

俺と一緒に周囲の確認をしていたヘレンがそうクルルを呼ぶと、クルルは、

「クルルルル」

一声鳴いて、駆け寄ってきた。

「よしよし、荷物下ろすからな」

「クルルゥ」

ヘレンがクルルの首筋を撫《な》でてやる。クルルはヘレンに頭を擦《こす》りつけると、その場にそっと屈《かが》み

込《こ》んだ。

「えらいえらい」

ディアナがそう言って眉尻を地に着かんばかりに下げながら、クルルの下がった頭を撫で、俺たちはクルルの背から荷物を下ろして、昼食の準備を始めた。


「いただきます」

「「「「いただきます」」」」

〝北方風〟の食事の挨拶をして、食事を始める。今日の昼飯は鹿肉を包丁で挽《ひ》き肉《にく》にして、ハンバーグ状に焼き固めたものを無発酵パンに挟んだ、ハンバーガーのようなものである。うちの畑でとれた葉野菜も挟んである。

のんびりした時間が川原に流れた。ルーシーは味のついてない干し肉を平らげた後、川原でクルルと走り回っている。空は抜けるように青い。雨が降り続く雨期がやがて来るとサーミャは言っていたが、それが本当なのか怪しく感じるくらいの良い天気だ。今日はもうここまでにして、帰ってしまうのもありかも知れないな、それなら日帰りで済むな、と思うほどには。

「お昼寝でもしたい天気ですね」

俺の隣に座ったリディが言った。俺は口の中のハンバーガーをリディが淹《い》れてくれたお茶で流し込んでから、頷いた。

「探索の途中とは思えないほどにな」

「そうですね」

俺の答えに、リディがクスリと笑う。あ、待てよ。

「しまった、地図を作っておけば良かったな」

探索と言えばマッピングである。前の世界ではよくゲームをするときにマッピングしたなぁ。

以前サーミャに聞いたところでは、この〝黒の森〟全体の地図は正しい正しくないに関わらず存在しないそうである。理由は非常にシンプルなものだった。

「あってもなくても変わらないからな」

まず、全体の地図が必要な人間（人間以外の種族もだが）がウロウロできるような場所ではない。そして、ウロウロできるような、つまりこの森で暮らせるような人間には地図が必要ない、というわけだ。

「アタイがはじめて来たときも、カミロの野郎、地図なんかくれなかったぞ」

と、その時ぼやき気味に言ったのはヘレンだった。

「目印は教えてあったけど、本当にそれだけだったんだな」

もしかすると、カミロはそれを元に辿《たど》り着《つ》くのも条件の一つだと思ったのかも知れない。あと考えられるとしたら、作った地図が出回ってしまうことを防ぐため、とかだろうか。

まぁ、出回ってしまったとして、おいそれと辿り着けるものでもないのが実情なのだが。そんなわけで、「あってもなくても同じ」な地図の類はないのである。

とは言え、あれば便利なものであることには変わりない。うちの家族はウロウロできる、できないのちょうど間にいるような存在だし。

なので、ここまでの地図――簡単な植生や道のりが記されていれば縮尺がガタガタでも構わないレベルのもの――があれば、謎の鉱石を再びとりに来るときも楽かなと思ったのだが。

「アタシが覚えてるから一緒だろ。そもそもアタシが覚えてるところへ行くんだぞ」

「言われてみれば、そりゃそうか」

呆《あき》れた様子のサーミャに言われ、俺は納得した。今回はこの森で暮らしていたサーミャの先導なのだから、どうしても地図が欲しいならサーミャに聞き取りでもして作ることだってできる。今作っていく必要があるとは思えない、というのは道理だな。


突然、サーミャの顔がスッと引き締められた。ヘレンのほうを見ると、サーミャと同じほうを見て、こちらもやはり険しい顔をしている。

家族の間に緊張が走り、沈黙が訪れた。クルルもルーシーも身じろぎもせず、一声も発しない。二人の場合は「そういう遊び」だと思っている可能性があるが。

「どうした?」

俺が小声で聞くと、サーミャが自分の口に人差し指を当てる。

「シッ。多分誰かいる」

その言葉で、緩みきっていた俺の気分も引き締まった。

ガサリ、と茂みの揺れる音がした。サーミャがしきりに鼻を動かし、ルーシーも同じようにしているが、残念ながらこちらが風上側にあたる。匂いは俺たちから音のほうへと流れていってしまい、こちら側には届きにくい。

音はしばらく止《や》んでいたが、やがて相手は派手に音を立てて動き始めた。その方向はこちらへ真っ直ぐだ。つまり、向こうにはこちらの位置が分かっていて、向かっているということだ。

俺は思わず腰の〝薄氷〟に手をかけた。小さく澄んだ音が俺の耳に届く。ピクリ、とサーミャの左右の耳が、音のほうと俺のほうにそれぞれ向く。

ヘレンも新しい剣を抜いた。ルーシーを助けたときに熊を斬って以来だが、またも熊を斬る可能性は結構ある。

近寄ってくる音に迷いはない、ように俺には聞こえる。もらいものの戦闘能力なので、どこまで信じて良いものかは怪しいところだが。

スッとサーミャが手を俺たちに向けた。手出し無用なのか。ということは、少なくともこちらに対して攻撃の意図があまりないことを感じとったのだろう。俺は〝薄氷〟から手を離し、ヘレンはショートソードをヒュヒュンと音を立てて鞘《さや》にしまう。青い残光が目に鮮やかだった。

俺たちが警戒を解いたのを見てとると、サーミャは短く指笛を鳴らす。同じ音が前方、つまりガサガサ音が近づいてきたほうから聞こえてきた。合図に応えたのだ。と、すると相手は……。

「ジョランダ！」

サーミャが大声を出した。茂みをかき分ける音が近づいてくる速度が上がる。

その音が大きくなってきて、最後にバサッと一際大きな音を立てて飛び出してきたのは、サーミャが呼んだ通りの人物――〝黒の森〟に住む狼《おおかみ》の獣人、ジョランダさんだ。灰色の髪に尖《とが》った耳。物憂げな表情の彼女は少し前に会ったときと同じような服装をしていた。違うのは前の時にはあった大荷物がないことだ。

つまり、今日は熊に追われていたりするわけではないのだろう。

「やっぱり皆だった」

物憂げな顔のまま、ジョランダさんは言った。物憂げに見えるが、あれが彼女の素なのだ。いや、耳と尻尾の動きから察するに少し喜んでいるようだ。

「わん！」

そのジョランダさんに、ルーシーが尻尾をフリフリ寄っていった。

「あら？」

ルーシーに気づいたジョランダさんは屈み込んだ。特に飛び退《との》いたりする様子もない。人見知りなのは文字通り人間に対してだけのようだ。ルーシーの尻尾の速度が一段階増す。

「この子は？」

ルーシーの頭を撫でてやりながら、俺のほうを見る。

「親は……」

ジョランダさんの言葉に、俺は首を横に振った。

「それでうちで引き取ったんです」

「そう……」

ジョランダさんが優しくルーシーの顎を撫でる。ルーシーは尻尾をブンブンと振りながら、目を細めていた。

こうしているのを見ると、ジョランダさんとルーシーが親子のように見える。ジョランダさんが狼の獣人なことも理由としてはあるだろう。

「私のところでは引き取れないから、良いところに引き取られたね、お前」

そう言ってジョランダさんは少し寂しそうに微笑《ほほえ》んだ。彼女は一人で暮らしている。確保する食料にそう余裕はあるまい。ルーシーを引き取ることで狩りの効率を上げて、その分のロスを埋めることもできるのだろうが、結構な博打《ばくち》にはなるからな。

「それで？」

ジョランダさんが立ち上がり、再び俺のほうを見た。俺は意図を掴《つか》みかねて首を傾《かし》げる。

「？」

「ああ……えーと」

言葉が足りないことに気がついたのか、ジョランダさんは頭を掻《か》いた。

「なんで皆はここに？　家、ここから遠いよね」

今度はジョランダさんが小首を傾げた。その疑問はサーミャが引き取る。

「昔に綺麗な石？　土？　かなんか探したことあったろ」

「ああ、〝虹色石〟？」

「そうそう、それ」

「そういえば、東のほうでは見たことないね」

「そうかぁ……。ん？　東のほうでは？」

肩を落としかけたサーミャがジョランダさんのほうへ顔を寄せる。ジョランダさんは頷いた。

「うん。西寄りのところでこの間見かけた。まだあるかは分からないけど、誰もとらないからあるんじゃないかな」

それを聞いて、サーミャは俺たちのほうへ向き直った。その瞳はキラキラと輝いている。いや、それは正確ではない。俺たち全員同じような瞳になっている。

俺たちの様子を見たジョランダさんはポンと手を打つ。

「ああ、皆それを探しに来たのか」

「おう！」

サーミャが胸を張った。場所が分かっているなら、思ったより早く見つけられそうだ。もちろん見つからなくてもそれはそれなのだが、見つかったほうが気分が良いことには変わりない。

「場所が大雑把《おおざっぱ》にでも分かって、闇雲に探さなくて良いのは助かるな」

俺が言うと、家族の皆が頷く。そんな中、不思議そうな顔をしたのはジョランダさんだった。

「どうした？」

その顔を見たサーミャがジョランダさんに尋ねた。

「エイゾウさんが大雑把に、って言ってたから」

「俺ですか？」

コクリ、とジョランダさんが頷《うなず》く。

「なんで直接、私が連れて行く話にならないのかなって」

「え？」

「そのほうが確実だし早い」

「いや、それはそうですけど」

じっと俺を見つめるジョランダさん。これ、どっちかと言うと連れてけって話だよな……。

「ここからどれくらいなんだ？」

「一日かかるかどうかくらいかな」

「食料は余裕あったよな」

「おう」

俺の言葉にはヘレンが答えた。そこでジョランダさんが一瞬ビクッとなる。そうか、前にジョランダさんに会ったのは、ヘレンがうちに来る前だったな。

「彼女もうちの家族ですから、平気ですよ」

「え、ええ……」

ジョランダさんはおずおずと頷いた。彼女はひどく人見知りをするのだ。初対面時を考えれば、俺たちに隠れたりしないぶん、慣れてくれたとは言えるかな。

「よろしく！　アタイはヘレンってんだ！」

「は、はい……」

グッと差し出されたヘレンの手をそっと握るジョランダさん。固唾を呑《の》んで見守っていたサーミャが小さくため息をついていた。

ジョランダさんの人見知りはともかく、うちの家族で一週間ほど大丈夫な量なら、一人くらい増えても、五～六日くらいは余裕なはずだ。途中で多少何か起きても食料が尽きるということはあるまい。万一の場合は新たに確保できるだろうし。

「それじゃあ、ジョランダさんが迷惑でなければ、お願いできますか？」

「大丈夫」

ジョランダさんはまたコクリ、と頷いた。その背中をサーミャがバンとはたく。

「たのんだぜ！」

顔を少ししかめながら、ジョランダさんはサーミャのほうを見たが、サーミャが屈託なく笑っているのを見て毒気を抜かれたのだろう、少し困り顔になりながら言った。

「うん、よろしく」

「わんわん！」

ルーシーが元気よく返事をし、森の中に笑い声が響く。こうして一名を追加し、俺たち〝黒の森探索隊〟は更にその奥地へと歩みを進めていった。

水平線が見え、対岸が見えなかったので察してはいたが、やはりこの森の湖はかなり広大なようだ。うちのあたりは湖の一部が角のように張り出しているらしく、森の入り口からの近さが同じくらいのところの中では多少湖には出やすいらしい。

まぁ、うちのあたりでも街の人間に言わせれば十分〝黒の森〟の奥深くなので、彼らからすれば誤差のようなものだろうが。

という話をジョランダさんから聞いた。サーミャはその話を聞きながら、

「え？　そうだっけ？」

と言っていたので、細かい地形には頓着していないのかも知れない。

今は前でサーミャとリディさんと一緒に歩いている。リディがジョランダさんに尋ねた。

「じゃあ、普段からこのあたりを？」

「ええ」

ジョランダさんは静かに頷く。お互い森に暮らす種族だからということだろうか。サーミャを除けば、うちの家族でジョランダさんが一番気を許しているのがリディなのだ。

このあたりは〝黒の森〟の北東地域だが、サーミャは北西あたり、ジョランダさんはこの北東地域が基本的なねぐらだったらしい。

「じゃあ、本当にサーミャが東まで来たのはたまたまだったんだな」

俺が言うと、サーミャは唇を尖らせた。

「そう言っただろ」

「信用してなかったわけじゃない。実感が湧いたってだけだ」

俺は苦笑しながら、サーミャの頭をクシャリと撫でる。サーミャは一瞬くすぐったそうにした後、

先頭に進んでいった。ジョランダさんがその後を追いかける。

「あれ？　顔赤い？」

「バッ？　そ、そんなことねーよ？」

そんな声が前のほうから聞こえてきたが、俺は聞こえないふりをしておいた。


「ここらがいいんじゃないか？」

サーミャが腰に手を当ててあたりを見回した。このあたりは下生えが少なく、やや見通しがきく。

「やっぱり向こうに小川があったよ」

ルーシーを連れたジョランダさんが、周囲の探索から戻ってきて言った。このあたりに水場があったはずと言ったのは彼女で、その確認に行っていたのだ。

俺はそれらの報告を聞いて、軽く息を吸い込み、宣言する。

「ここを、キャンプ地とする！」

……前の世界の時から、一回言ってみたかったんだよね。

もちろん、これが皆に通じるはずもなく、普通に了解の声が返ってきて、夜営の準備が進んでいった。


夜営の準備と言っても、軍隊でもない俺たちである。女性が多い――というよりは俺以外はルーシーも含めて女性しかいないのだが――けれども、天幕はなく雑魚寝だし、一応見張りは立てるが俺とヘレンの二交代で行うことになっている。

それでも焚き火《たびび》があり、そこにかけられた鍋（中は持ってきた食料を適当に入れたもの）を囲んでいれば、キャンプ気分にはなる。そこが外の人間から見れば魔境の真っ只中《まただなか》であっても。

パチン、と焚き火の火が爆《は》ぜた。なるべく乾いた枝を選びはしたが、薪《まき》として用意したものではないから多少は仕方ないだろう。

揺れる炎を見つめながら、俺は言った。

「やろうと思えば、別に家の側《そば》でも十分できるんだろうけど、気分は違うな」

さっきまでテンション高くはしゃいでいたクルルとルーシーは、ひとしきりはしゃいで疲れたのか、一緒に寝ている。クルルが横になった上に、ルーシーが乗っかる形だ。

そんなクルルの頭を優しく撫《な》でてやりながら、ディアナが頷いた。

「そうねぇ。やっぱり、見慣れないところだからかしらね」

「それは大きいだろうな」

同じ森の中でも、あの場所は俺たちにとってはすっかり日常の光景になってしまっているわけだ。

それが、嬉《うれ》しいような誇らしいような、そんな気分になりながら、俺は焚き火に新しく薪をくべる。

「味は大丈夫か？」

「ん。大丈夫」

器から鍋のスープを掻き込んだサーミャが、同じようにしているジョランダさんに聞いて、ジョランダさんはコクリ、と頷いた。ああしているのを見ると、姉妹のようにも見えるな。

そんな感じなので、この夕食の時にうちで暮らさないか、サーミャもうちにいることだし、とディアナが軽く提案したが、ジョランダさんは申し訳なさそうな顔をしながら、

「それも楽しそうだけど、私はあんまり人と暮らすのが好きじゃないから」

と、断っていた。文字通りの一匹狼《いっぴきおおかみ》なんだな。

そんな一幕もありつつ、焚き火を囲み、皆でワイワイと盛り上がりながら、森の中の一夜は過ぎていった。


体を揺さぶられる感覚で俺は目を覚ました。焚き火はかなり小さくなってはいるが、薪をくべ続けたらしく、ある程度の光を維持していた。

くべ続けたのは俺を起こした人物、ヘレンだ。

「見張り交代か」

「おう」

目をこすりながら、ヘレンに言うと、返事をしながらクスリと笑った。

「どうした?」

「いや。そういえば、ちょっと前にこんな感じのことがあったなって」

「ああ……」

ヘレンが言っているのは、彼女が帝国に捕らえられたときのことだろう。彼女の救出に成功したあと、帝国を脱出するときにスピードを優先して町の宿屋に泊まったりせず、野宿をした。

その時の見張りにヘレンは入っていなかったが、俺の見張りの時に少し焚き火の側で言葉を交わした。あれから大して時間は経《た》っていないはずだが、随分と懐かしいようにも思える。

「そうやって笑って思い出せるなら、とりあえずは大丈夫そうだな」

「アタイがずっと気に病んでるかもって？」

ヘレンはそう言って苦笑した。

「そりゃあ、俺より遥《はる》かに強い傭兵《ようへい》ったって、女の子には変わりないだろ」

焚き火に新しい薪を追加しながら、俺は言った。ヘレンの年齢は知らない。聞こうと思ったこともない。十代ということはないだろうが、三十代ということもなさそうなので、二十代くらいかな、とおぼろげに思っている。まぁ、いくつでも女の子は女の子だ。

「女の子って……お前なぁ」

ヘレンは呆《あき》れた顔をする。俺は軽く肩をすくめた。

「話ならいつでも聞いてやるから、言えよ？」

「……わかった」

ヘレンは複雑な表情を浮かべた後、そう言ってゴロリと転がり、程なく寝息を立て始めた。

8章　森に来たもの

朝、残った火で炙《あぶ》った干し肉の朝食をとったあと、簡単に身繕いをする。伯爵家令嬢がいるのだが、特に何らかの不満が出たりということはなかった。むしろ、

「うーん、夜営ってしたことなかったけど、こんな感じなのね！」

などと喜んでいるくらいだ。一番はしゃいでいたのは言うまでもなく、うちのおチビさん二人である。

いつもは竜舎というか、小屋で寝起きしていて皆とは少しだけ離れているのだが、今日は起きたら皆も一緒なわけだ。そりゃテンションも上がるだろう。

そんな二人をなだめつつ（ディアナは構い倒しつつ）、出発の準備を進めていった。

今日も俺たちは森の中を進んでいく。木々の間から見える空はまさに一点の曇りもなさそうで、俺たちの行く道を祝福してくれているような気さえする。

隊列はジョランダさんが先頭……というのは正確ではないか。実際は先頭にルーシーが胸を張って威風堂々と進んでいる。そのすぐ脇にジョランダさん、ルーシーの後ろにはサーミャが控えていて、いざことが起これぱルーシーを下げる手はずになっていた。

予定では今日〝虹色石〟のあるところまで辿《たど》り着《つ》けることになっている。

ジョランダさんが言うには、遅くても夕暮れくらいには着けるだろう、とのことだったので、大体うちからは片道まる二日の旅程ということになる。もし、〝虹色石〟が重要なものなら、時折取りに来ることができるくらいの距離だな。

往復で四日くらい。ちょっとした旅行……と言うには行き先がいささかローカルだが、そういうものにもちょうど良い距離である。なんなら、もう一日追加しても五日間だしな。


そんな道ゆき。太陽がえっちらおっちら空を昇り、その頂点にさしかかろうとしている頃、俺たちは何事もなくゆっくりと森を進んでいた。

周囲を警戒しつつ歩いているが、ここは〝黒の森〟の奥地。人間族はほぼおらず、獣人族か獣がいるだけの場所だから、そこまで警戒を強める必要もない。

俺はちょっと周囲の警戒をしている散歩、くらいの気持ちでのんびりと森の空気を肺に溜《た》めたりしていた。

その時だ。

「キャ――――ッ！」

絹を裂くような、女性の悲鳴が聞こえた。俺は一瞬、〝黒の森〟にいる鳥の声で、うちの近所にはいない種類なのかと思ったが、サーミャとジョランダさんの表情が引き締まるのを見てそうではないことを悟った。

サーミャが小さく舌打ちをして言う。

「こんな奥に〝外〟の人間が？」

「考えられない……とは言いにくいけど、あんまりないかな」

ジョランダさんはチラリとヘレンのほうを見て言った。

ここは〝黒の森〟の中でも結構な奥地と言っていい。ヘレンのような手練《てだ》れ（と言うにもかなりレベルが高いが）ならまだしも、いつか助けた町娘のような普通の人間であれば、程なく狼なりに襲われる可能性が高い。

だが、それは逆に言えば手練れで、なおかつ準備があれば行軍可能であるということでもあった。あるいは、とんでもなく幸運で、ここまで獣に全く会わずに迷い込んでしまったということも可能性としてゼロではない。いずれにせよ、声の主が誰なのか、今どうなっているのかを確認する必要がある。

警戒しながらではあるが、俺たちは急いで声のしたほうへと向かった。


「聞こえたのは確かこのへんのはずなんだけどな」

サーミャが丸っこい耳をピコピコと動かす。ジョランダさんも頷き、同じようにこちらは少し尖り気味の耳をピコピコと動かした。

それを見たルーシーも真似《まね》っこなのか同じように耳を動かす。どういう意味があるのか理解しているとは思えないが、可愛《かわい》らしいことこの上ない。しかし、今現在のところ俺の肩は無事である。

ディアナがルーシーを抱っこしていて、ディアナの両手は塞がっているからだ。

「サーミャとジョランダ二人の耳なら間違いないだろ。アタイたちの足音で慌てて駆け出したりしてなきゃだけど」

ヘレンが周囲の気配を探りながら言う。俺もそれに同意の頷きを返して、あたりを見回した。

鬱蒼《うっそう》とした森がどこまでも続いている。うちの近所に似ていると思うと、少し怖さがあるな。それはつまり、場所の見分けがつきにくいということだからだ。

実際ここでほっぽり出されたら、チートに頼らずにあの家に戻ることは難しいだろう。今のところチートか何かの作用でなんとなくの方角が分かるが。

俺たちは急ぎ気味にあたりを捜索する。さっきの悲鳴が断末魔の叫びでなければいいのだが。

「木々が邪魔で見えにくいな……」

「そうねぇ……」

俺とディアナはぼやいた。嗅覚と聴覚に優れるサーミャとジョランダさん（それにクルル、ルーシー）や、気配の察知に長《た》けているヘレンとリディと違い、俺とディアナはどうしても視覚に頼りがちだ。当然のことながら、この見通しのきかないところではあまり役に立てていない。戦闘能力がほぼないリケは言わずもがなだ。

更に少し行ったところで、サーミャが足を止めた。他の皆も一斉に足を止めて、場に緊張が走る。

「いるな」

「ああ」

サーミャが言って、ヘレンが頷《うなず》く。ジョランダさんは一言も発さずに頷いた。次の瞬間、三人は別々の軌道で、少し離れた茂みへと走っていった。

いや、走っていったというのは語弊があるかも知れない。サーミャは跳躍で、ヘレンはとんでもない速度で飛ぶように、そしてジョランダさんは地面を滑るように向かっていったからだ。

「キャ―――ッ！」

三人がほぼ同時に茂みに到達すると、再び悲鳴が聞こえた。さっき聞こえてきたのと同じ声のように俺には聞こえたが、はてさて。

すぐにヘレンが立ち上がる。同時に片手で誰かの襟首を掴《つか》んでいて、その誰かを立たせた。

「はー……」

ヘレンが苦虫を噛《か》み潰《つぶ》したような顔でデカいため息をついた。

「誰かと思ったらフローレかよ」

フローレ、と呼ばれた少女――そう、ヘレンが娘を叱る母親よろしく首根っこを引っ掴んでいるのは少女だった。

亜麻色で長めの髪を一つところでまとめており、緑の目をしている。着ているものは都で見かけた町娘のようですらあるが、彼女がただの町娘でないことは革の胸甲と腕に装着した盾、そして小ぶりの剣を腰に下げていることから一目瞭然だった。

すっかり置いてけぼりになった俺たちは三人に駆け寄った。

「知り合いか？」

彼女たちの元に辿り着いた俺が言うと、ヘレンはこっちを向いて頷いた。

「傭兵の仲間……って言っていいのかな。まぁそっちの知り合い」

ヘレンはフローレさんのほうに向き直ると、叱りつけるように言った。

「まったく。ここがどこか分かってんのか」

「姐《あね》さんこそ！　なんだって〝黒の森〟なんかに引っ込んでんだよ！」

フローレさんはヘレンに負けず、食ってかかる。

「そもそも、どうしてここへ来たんだお前」

「姐さん、前に〝黒の森〟に行った話してたじゃん？　面白そうだし、あたしでも〝黒の森〟くらいならいけるっしょと思って」

てへぺろ、とばかりに舌を出すフローレさん。それを見て、ヘレンは思わずだろう、片手で顔を覆った。

「お前なぁ……」

「いやー、ここの猪《いのしし》って強いんだね！」

朗らかな雰囲気のまま、フローレさんは言った。一瞬、ヘレンの目が険しくなる。

「やりあったのか？」

「え？　いや？　茂みを出たところでバッタリ会っちゃって。ビックリして思わず悲鳴をあげちゃったってわけ。その時に盾でぶっ叩いたらどっか行ったけど、昏倒《こんとう》しないなんてはじめてだったよー」

「なるほど」

ヘレンが頷いた。最初の悲鳴はそれだったわけだ。さまよっていた彼女の視線が、あるところで止まる。

「あ、ワンちゃんだ！　かわいい！」

「わん！」

視線の先は抱っこされたままのルーシーである。ルーシーはパタパタと尻尾を振ってご挨拶をしていた。お利口さんだな。

抱っこしていたディアナに許可を得て、フローレさんはルーシーの頭を撫《な》でた。ルーシーの尻尾の速度が上がる。

少しの間、にへぇと笑いながら撫でていたフローレさんだった（ディアナがやたらに誇らしげだった）が、すぐにハタと気がついた様子で、怪訝《けげん》な顔をして言った。

「あれ？　この子……」

「あー、その子は森狼の子供だよ」

俺は頭をかきかき答えた。魔物であるところまでは言わない。

ルーシーにはいくらか森狼の特徴がある。フローレさんがどれくらい森狼を見たかはわからないが、子狼と気がつく程度ではあるということだ。

それなら、そこを変に隠して余計なところまで探られるのはうまくない。俺はジョランダさんにしたのと同じような説明をフローレさんにもした。

「群れからはぐれちゃっててね。親もいないから、うちで育てることにしたんだ」

「へぇー。キミも苦労してるんだねぇ」

俺の若干の心配をよそに、フローレさんは再びルーシーの頭を撫でる。

「ねぇ、この子って……うわっ？」

何かを聞こうと俺のほうを振り返ったフローレさんの目が見開かれる。何かと思って俺も振り返ると、サーミャとジョランダさん、そしてクルルの姿があった。

「もう周りには何もいない……です」

ジョランダさんは若干体をサーミャに隠しながら小さな声でそう言った。サーミャはため息をついている。どうやら彼女たちは周辺を見て回ってくれていたようだ。

「ありがとうございます。じゃあ、ちょっと休憩にしましょうかね」

俺がジョランダさんにそう言って、家族が頷いたとき、大きな声が〝黒の森〟に響いた。

「竜だ――――？」

〝黒の森〟の全域に届くかと思うほどの大声はもちろんフローレさんである。

俺たちが驚いている間に、凄《すご》い速さでフローレさんはクルルの周りをぐるぐると回りはじめた。

「うわうわうわ、走竜だ！　凄いなぁ！」

キラキラと目を輝かせるフローレさん。クルルは何事かと首を傾《かし》げる。

それがフローレさんにはまた可愛《かわい》かったようで、

「わぁ――。かわいいんだね。もっと怖いかと思ってた」

そう言って、おずおずとクルルに手を伸ばすフローレさん。

クルルは差し出された手に、自分の頭をこすりつけると、ペロリとフローレさんの顔を舐《な》めた。

「ひゃあっ。くすぐったい！」

笑いながら言うフローレさん。俺たちは微笑《ほほえ》ましく、ディアナは誇らしげに、彼女たちのやりとりをしばらく眺めていた。


「そういうわけで改めて。こいつはフローレ。傭兵《ようへい》団の仲間だけど、アタイより大分後に入ったから、かしこまらなくていいぞ」

ヘレンがフローレさんの肩に手を置いて、皆にそう紹介する。

フローレさんはそれを受けて、胸を張って宣言した。

「そうそう、かしこまられてもあたしも困るし、気軽に話してよ」

そして、フローレは居住まいを正し、お辞儀をした。

「フローレと申します。以後お見知りおきを」

その直後、彼女は屈託のない笑顔になる。

「なんてね！」

そして、ヘレンがコツン、と軽くフローレを小突く。森の中に笑い声が広がる。

「俺が工房の主、エイゾウだ」

俺はそう言って北方式のお辞儀をした。

「こいつが獣人のサーミャで、こっちがドワーフのリケ。それにディアナ。ディアナは人間族な。

んでエルフのリディ。んで走竜のクルルと狼のルーシー。アタイが世話になってる工房の家族だよ」

四人はペコリと頭を下げた。娘二人はよく分からないなりに鳴いたりして挨拶している。

「どもー。あれ、あそこで隠れてるのは？」

フローレが小首を傾《かし》げて指さした先には、木の幹に隠れて様子を窺《うかが》うジョランダさんがいた。

「あれはアタシの友達で獣人のジョランダ。そのうち出てくるから、隠れてるのは気にしないでやって」

サーミャが大きなため息をついてから言った。フローレは一瞬キョトンとした顔をしたが、

「わかった！」

と、ニッコリと笑って応じるのだった。


「それで？」

「それでってて？」

「面白そう、だけで〝黒の森〟に来たわけじゃないだろ？」

ジロリ、とヘレンがフローレを睨《にら》みつける。このあたりでは最強の傭兵に睨まれたら、大の男でも震え上がる……のだが。

「え？　面白そうだったからだけだよ？」

フローレはけろりとした顔でそう答えた。もしかすると慣れっこなのだろうか？　ヘレンの苦労が偲《しの》ばれるな。

「まったくお前は……」

ヘレンは片手で顔を覆う。それを見てニヘへ、とフローレは笑った。

大きな大きなため息をついたヘレンは、俺のほうを見た。

「なぁ、エイゾウ……」

「これで『それじゃさよなら』ってわけにもいかんだろ」

俺は自分の眉根が寄るのを自覚した。フローレは命からがらだろうが、ここまで来られたのだ。

恐らくなんだかんだと無事戻っていくことだろうとは思う。

それでも、俺たちが知ってしまった以上は、より安全な選択肢を選ぶのが当たり前というものだ。

その選択肢とはつまり、

「フローレ、君さえ問題ないなら、俺たちと一緒に行動しないか？」

「え？　いいの？」

「それが一番安全だからな」

「うん、それはあたしもそう思うけど」

「じゃ、別に大丈夫だよ。皆も良いよな？」

俺は家族のほうを見た。皆、仕方ないなぁという顔をしながらも頷いている。木の陰で少し目を丸くしているジョランダさんは見えないことにした。

食料の問題は……フローレ自身も持っているだろうし、減った日数で浮いた食料があるから大丈夫だろう。一人頭を少し切り詰めればもう少しもつし。

「ありがとう！　皆！」

屈託のない、と言う以外に表しようのない笑顔で、フローレははしゃいでいる。

こうして、新たな道連れを更に増やし、俺たち〝黒の森探索隊〟は〝虹色石〟を求め、更に森の奥へと歩みを進めていった。


道中、ワイワイと話が弾む。主にはフローレの傭兵生活の話だ。

「あら、じゃあ思ったより不便じゃないのね」

「そりゃそこまで不便だったら誰も来ないからねー」

「それはそうね」

一番興味深そうに話を聞いているのは〝剣技場の薔薇《ばら》〟ディアナである。彼女は元々ヘレンにも色々聞いたりしてたからな。ある日突然「傭兵になる」とか言い出したらどうしよう。

「姐さんは正直、位が違うとしか言えないからね」

「お、おい」

傭兵として仕事をしているときのヘレンについて、フローレに聞いた時の回答だ。それを聞いてヘレンが顔を赤くして焦っている。

「まあまあ、褒めてくれてるんだから、いいじゃないか」

俺は鷹揚《おうよう》にヘレンを宥《なだ》める。自分のことではないから、というのが大きいが。

「姐さんを見て、あたしも二刀流にしようかと思ったこともあったなぁ」

「へえ」

「姐さんほどの速度がないんで、止めちゃったけどね。定番の剣と盾があたしの相棒なのさ」

そう言って、フローレは盾を軽く掲げる。その表面にはいくつもの傷。彼女も数多《あまた》の戦場をくぐり抜けてきたという証《あか》しがそこに刻まれていた。

「いい盾だ」

「え？　そう？」

「ああ。鍛冶屋として保証するよ」

「へへー、ありがと」

ニッコリと笑うフローレ。俺もそれに微笑みを返す。和やかな雰囲気で、俺たちは森を進んでいく。

……陽キャに慣れない陰キャのような振る舞いのジョランダさんは、まだ少し目線がフローレに合っていなかったが。


「そろそろですよ」

間に短めの昼飯休憩を挟み、フローレの性格も手伝って賑《にぎ》やかな道中、空が橙色《だいだいいろ》に染まりつつある中、ジョランダさんが皆に告げた。

「いよいよかぁ」

「楽しみですね！」

興奮気味に言ったのはリケだ。一番〝虹色石〟を楽しみにしていたのは彼女かも知れない。

「うちの仕事で使えるものだとありがたいなぁ」

「それで親方が何を作るかも楽しみです」

リケは目をキラキラと輝かせ、視線は空へと向けた。そこには彼女にだけ見える様々な製品の数々が浮かんでいるに違いない。

「これで姐《あね》さんたちの目的達成？」

「そうだな」

傍らではフローレとヘレンが会話を交わしている。

皆の浮き立った雰囲気を察したのか、クルルとルーシーの足取りも軽く、それを見たディアナとリディの機嫌も大変よろしくなっている。

「あ、ほら、あそこ」

先頭を歩いていたジョランダさんが指さす先の、少し開けたところに小高く盛り上がった丘があり、そこに帯状に虹色のものが見える。そこそこの量があるようだ。

「おお、懐かしいな」

それを見たサーミャが感慨深げにそう言った。彼女にとっては懐かしの、というわけだ。

「あれかぁ。確かに綺麗《きれい》だな」

俺も目を細める。世界が橙色になりつつある中、そこだけが虹色なのは違和感もあるが、それよりも純粋に美しい。

皆が急ぎ足でそこへ向かう。地層が露出したものであるらしい、その丘には他にも様々な色の帯が走っていて、その中の一部分が虹色にキラキラと輝いている。

その部分をやってきた皆で顔を寄せて覗き込む。

「なるほど、色が七色に変化しているんですね」

リディが指を這《は》わせながら言った。俺の脳裏に思わず「ゲーミング」という単語が浮かぶ。この世界では誰にも伝わらない単語だ。

「硬いのかな」

「そうですね。鎚《つち》とタガネかなにかで掘り出したほうが良さそうです」

這わせた指で硬さを確認したリディが答えてくれた。時間的なことを考えると、今から掘り出していたら、すっかり日が落ちるだろう。

元々、もう一泊はする予定だったし、今日のところはちょっと確認したら、ここに近いところにキャンプして明日また掘り出すことにしよう。

「綺麗《きれい》ですねぇ」

リケも〝虹色石〟を触って確認している。少し剥《は》がれかけている部分があり、そこを指先でそっとめくると、虹色のままポロッと剥がれた。

それをリケが夕日に翳《かざ》すと、一瞬強く光った〝虹色石〟は、淡雪が溶けるようにその輝きを失い、他の石のように灰色の塊へと変わっていく。家族から「ああ～」と嘆く声があがる。

「見たか？」

「ええ」

それを横から見ていた俺がリディに確認すると彼女は頷《うなず》いた。

「魔力が抜けてましたね」

「だよな」

輝きを失う直前、強く光ったときにキラキラしたものが同時に周囲に発散されているのを、俺の目は捉えていた。そして、それはリディも同じだったようだ。

「とすると、リディが推測したとおり、俺が魔力を籠《こ》めることができれば維持できる可能性が――」

俺がそこまで言ったとき、ぞわり、と背中に冷たいものが走った。

何かの確証があるわけではない。しかし、ヤバい、と身体《からだ》が警告を発している。

「ヘレン！」

「わかってる！」

ヘレンのほうを向いて叫ぶと、ヘレンも怒鳴り返してきた。俺と同じものを彼女も察知したようだ。ルーシーもワンワンと吠《ほ》えていた。

「リケ、ディアナ、リディはクルルとルーシーをあっちへ」

俺が言うと、三人とも頷いて、ヘレンが睨みつけているのとは逆のほうへクルルとルーシーを連れていった。

「サーミャとジョランダさん、フローレはすまんが俺とヘレンとこっちだ」

「まっかせといて！」

フローレはグッと力こぶを作った。頼もしさを覚えるが、こうしている間にも悪寒に似た感覚はドンドンと強くなっていく。

俺とサーミャ、ヘレン、そしてジョランダさんにフローレは、気配の来るほうへ向かって隊形を整える。前が俺とヘレンにフローレ。後ろはサーミャとジョランダさんだ。

武器を構えるかどうか迷ったとき、耳がハッキリとした音を捉えた。木の倒れる音だ。

バキバキバキバキ……ズシン、バキバキバキバキ……と音が続いている。そしてその音は少しずつ近づいてくる。それに従って悪寒も増していく。

俺たちは誰からともなく、そして、ほとんど無意識にそれぞれの武器を構えた。バキバキズシンという音は今も続いている。俺はそこで気がついた。

「音が多い……？」

ズシン、と木が倒れているのであろう音がしているのは確かだが、そのズシンの数がバキバキという木の折れる音の数と合っていないのだ。

「おい、ヘレン」

「どのみちもう来る」

その言葉のとおり、少し先の木が倒れるところが見えた。手前に残った木の隙間から、チラッとやってくるものの姿が見えた気がする。

それがもし俺の思うものだとしたら、考え得る限り最悪の事態が発生していることになる。

俺たちの目の前の木が倒れた。トカゲのような頭がそこからヌッとこちらを覗《のぞ》いてきた。その頭にある双眸《そうぼう》がこちらを捉え、細められる。射貫《いぬ》くかのようなその視線に、俺の身体は一瞬すくんだ。

大きなトカゲのように見えるそれは、様々な世界で最強と言われるであろう生物——ドラゴンだった。

9章　ドラゴン

ドラゴンはジロリ、とこちらを睥睨《へいげい》したあと、吠えた。鼓膜が破れるかと思うような大音量に空気が震え、ビリビリと俺たちの身体《からだ》全体を揺さぶってくる。

俺たちはジリジリと後ろに下がり、それにあわせるかのようにドラゴンはゆっくりと丘の前の広場に入ってきた。

ドラゴンの背中には羽がある。生物学的に飛べるようなものではなさそうだが、そんなことは関係ないだろう。

「クソッ、どっから来たんだこいつ……」

低く、静かな声でヘレンが吐き捨てるように言った。突然湧いて出てきたのか、どこからか飛来してきたのか。まぁ、飛んできたとしても森の中からは見えにくいから誰も気がつかなかっただろうけど。

武器を構えてはいるが、ドラゴンにかかっていく無謀を冒す者は誰もいない。誰も直接手を出してこないと知って、ドラゴンは丘のほうに頭を巡らせた。

のそり、とドラゴンが歩を進めると、ズシンと地面が軽く揺れたような感じを受ける。ドラゴンは丘に近づくと、尖《とが》った爪で〝虹色石〟をほじくり、その輝きが失われる前にパクリと口にした。

そして、咀嚼《そしゃく》するようにもぐもぐと口を動かす。

いや、「ように」ではない。実際に食っているのだろう。ゴリゴリと低い音が俺たちのところまで響いている。

「今のうちに引こう」

「そうだな」

俺が小声でヘレンに言うと、彼女は頷いた。振り返り、ディアナたちがいることを確認すると、俺は身振り手振りで森の中に引っ込むように指示する。彼女たちは頷いて指示に従ってくれた。クルルもルーシーもお利口さんに一声も発さずディアナに連れられて、森に引っ込む。

そろりそろりと、物音を立てないように下がっていく。目をドラゴンに向けているので分からないが、恐らくはサーミャもジョランダさんも同じように下がっているはずだ。

だが、一人だけそうしていない者がいた。フローレだ。ドラゴンに頭を向けたまま、微動だにしない。

「なにしてんだ！　引くぞ！」

小さいがハッキリした声でヘレンがフローレの腕を引いた。フローレの目がヘレンを捉える。その目の焦点が微妙に合っていないように見えて、俺は気になった。

それをヘレンに言おうかと思った次の瞬間、ぐるりとドラゴンが頭をこちらに巡らせた。ぞわりと寒気が背筋を襲い、俺は叫んだ。

「逃げろ！　ヘレンはフローレを担いで走れ！」

「おう！」

ヘレンはフローレを素早く肩に担ぐ。それを見て俺はディアナたちがいたほうへ走り出した。彼女たちは既に森の中に逃げ込んでいるらしく、パッと見て姿は分からない。

サーミャとジョランダさんは獣人の脚力を活《い》かし、ものすごい速度で駆けている。俺も自分の全速力で走る。木々と広場の境界がドンドン近づいていく。

その横を、フローレを担いだヘレンが駆け抜けていく。〝迅雷《じんらい》〟の名は伊達《だて》ではない。気づけば俺が殿《しんがり》をつとめることになっている。いずれそうしようとは思っていたので都合はいい。

後ろから、空気の塊がぶつかってくるような咆哮《ほうこう》が追いかけてきた。走りながらも後ろに意識を向けていたが、こちらに向かって動き出した様子はない。威嚇のために一声吼《ほ》えただけだろう……とは思うが、そうである証拠はない。俺は必死に走り続ける。

「こっちよ！」

木の間からディアナが顔を覗《のぞ》かせた。俺はそっちに向かって進路を変える。

もう一度、咆哮が背後から迫ってきてそれに押されるように、俺はヘレンに続いて森の中へ飛び込んだ。

「追いかけてこないよな？」

森に飛び込んで家族と合流し、しばらく走ったあと、速度を落として俺は言った。もうフローレも自分の足で走っている。

「そうみたいだ」

サーミャが後ろを振り返りながら言う。俺たちは速度を落とし、やがて止まった。

「ビックリした――――っ！」

馬鹿デカい声を出してフローレが転がった。それには俺も完全同意だ。転がったフローレにルーシーが近づいて顔をペロリと舐《な》め、彼女はキャッキャとはしゃいだ。

「大声出して大丈夫かな」

ジョランダさんがキョロキョロとあたりを窺《うかが》う。

「多分大丈夫です」

静かな、しかしハッキリした声で言ったのはリディだった。皆の視線がそっちに集まる。リディは身を縮こまらせた。

「ディアナさんが皆さんを呼ぶのに叫んだとき、そちらのほうを気にする様子がありませんでした」

「耳のほうはあまりよくないってことか」

ヘレンが言って、リディが頷いた。

「完全にこっちを見ていたから、目のほうは普通に見えているんだとは思いますが」

「この見通しの悪い森の中なら平気だな」

「そうですね」

とりあえず当面の危機は去った。ひとまずは……。

「さっさと夜営の準備をするか」

もう既に日はだいぶ落ちている。かろうじてあたりが見える間に寝る場所だけでも確保しないとな。

「あっちに良い場所がある。ついてきて」

ジョランダさんが先導をはじめる。フローレもぴょんと跳ね起きた。皆の足取りはあまり軽いとは言えないが、しっかりと歩き始めた。

バチン、と焚き火《たびび》が爆《は》ぜる。あたりはすっかり暗くなっていたが、ここではあまり関係ない。

俺たちは今、洞窟の中にいるからだ。

「ここならあいつが入って来れない」

静かな声で、しかしハッキリとジョランダさんがそう言って連れてきてくれたのだ。

ここは入り口にほど近いが、いざとなればもう少し奥まで行けるらしい。そこならば、仮にあいつがブレスを吐いたとしてもなんとかなるだろう。

水場に立ち寄れなかったので、予備にとっておいた水を使って茶を淹《い》れ、干し肉を焚き火で炙《あぶ》ったものを夕食にしている。

俺はいち早く寝息を立てているクルルの頭を撫《な》でてやる。

「こういうとき、ほとんど食べないクルルはありがたいな」

「馬じゃこうはいかないからね」

ヘレンが干し肉を豪快にかみちぎりながら言った。馬は飼い葉や水、塩などの補給物資がいるし、量も必要になる。連れて行くとなると、それらも運搬する必要があるわけで、今回のように身軽にそれなりの期間行動することは難しかっただろう。それに荷物が多ければ道の選択肢も減ってしまう。

クルルはかなりの運搬量でありながら、ほとんど補給の問題が無い。まぁ、それは魔力で補っているからなので、〝黒の森〟の外に出てしまうと、そのメリットは無くなってしまうのだが。

「走竜ってあんまり食べないの？」

こちらも干し肉を齧《かじ》りながらのフローレだ。

「この子はちょっと特別でね。普通の走竜とは食べる量が全然違うんだよ」

「へえ」

魔力のあたりをフローレに伏せて説明しておいた。口止めしておけば素直に聞いてくれるとは思うが、「知らないことは話しようがない」である。無用な負担は避けたほうがいいだろう。

「それで、これからどうするんだ？」

腹を満たした後、サーミャが切り出した。

「選択肢はいくつかあるな。まず一つはこのまま帰る。何事もなく済ませるならこれだろうな。もう一つは、やつが立ち去るまで待ってから〝虹色石〟を確保する。これはやつがいつ離れるか分からん」

俺は指を二本立てた。三本目を立てながら続ける。

「そして三つ目」

ゴクリ、と誰かがつばを呑《の》み込《こ》む音が聞こえた。

「やつを倒す」

誰かがハッと息を呑んだ。普通なら一笑に付して終わるだろう選択肢。

「あのままにしても、俺たちに大きな影響が出そうにはないんだが、ひっかかることがあってな」

「ひっかかることですか?」

リケが小首を傾《かし》げる。俺は頷《うなず》いた。

「やつはなんで〝虹色石〟を選んで食うんだと思う?」

ドラゴンは爪でほじくることまでして〝虹色石〟を食っていた。あれには魔力が籠もっている。そして、ドラゴンの末裔《まつえい》(血はだいぶ遠いが)のクルルのことを考えれば……。その答えを口にしたのはリディだ。

「魔力を補給している?」

「おそらくね。でなければあの身体の大きさは維持できないだろうな」

厳密には前の世界にも巨大爬《は》虫《ちゅう》類《るい》がいた。物理的な存在としてはあり得るのだろうが、より効率の良い方法として魔力を使っているという推測は大きく外れてない。

「そして、この森で魔力の強い場所と言えば……」

「ああ……」

俺の言葉に家族から嘆息が漏れる。この魔力が強い〝黒の森〟の中でも特に魔力が強く、動物たちは近寄らず、木々も生えない場所と言われれば、うちの家族は全員が一瞬で思いつくだろう。

その場所とは他のどこでもない、我が家だからだ。

「エサとなる魔力を探して飛び回ってるとしたら、ここから立ち去ったとしても再会するのは時間の問題ってわけね」

今度はディアナが言って、俺が頷く。

「むしろ、いきなり『こんにちは、ドラゴンですが』と来られなくて良かったかもな」

そうなったら混乱は今どころではなかっただろう。どこから来たのかは知らんが、そこだけは幸運と言うしかない。

ヘレンが頭を捻《ひね》る。

「するってぇと……」

「倒すしかないな。あまり気は進まないが」

ヒュウと口笛を吹いたのはジョランダさんらしい。ちょっと驚いたリケがジョランダさんのほうを見ると、身を縮こまらせていた。

ドラゴンと言えど、この世界の自然の一部ではある。それをよそから来た俺が、自分の都合で駆除しても良いものなのかは迷うところである。間借りしている俺のほうが場所を移すべきでは、とさえ思う。

しかし、もうあそこには俺たちの〝いつも〟が存在している。それを冒すかも知れないものを、正直比較的影響の少ない状況で撃退できるチャンスがあるなら、今のうちになんとかしたいのも、正直なところなのだ。

だから、彼（か彼女かは知らないが）には悪いがここで倒させてもらう。

「あれを倒すの？　やりたいけど、できるかなぁ」

大きな声でそう言ったのはフローレだ。彼女の懸念は天然のものだろうか。俺も対峙《たいじ》したときに感じた悪寒。

あれは確実に「立ち向かってはいけないもの」を身体が感じとっていた。倒せるかどうか、不安があるのは仕方ない。だが、それでもだ。

「アタイもいる。お前もいる。それにこう見えてもエイゾウは手練《てだ》れだぞ」

ヘレンが言うと、フローレは驚きの顔でこっちを見た。俺は肩をすくめて答えておく。

「それに、サーミャもジョランダも、リディも弓が達者だ。勝ち目は十分にあるとアタイは思ってるよ」

ヘレンはドンと自分の胸を叩いた。フローレは考え込んでいる。渋面が焚き火に照らされ、赤く染まっている。

これまでのイメージから猪突猛進なのかと思っていたが、意外と慎重な面もあるみたいだ。そういえば、出会ったときにも猪から逃げたようなことを言っていたから、自分の実力をよく把握して戦うタイプなのだろう。

まぁ、そうでなければ傭兵《ようへい》として生き残れなかったことは間違いないが。

「うーん、姐《あね》さんがそう言うなら……」

「よっし、それじゃあ決まりな」

バンバンとフローレの背中を叩《たた》くヘレン。

「それじゃあ、明日に備えて寝よう。洞窟の中だが、見張りは今日も俺とヘレンで」

「おう、任せろ」

期せずして発生した決戦に向けて、俺たちは英気を養うべく、早々に眠りについた。


昨晩と同じく、身体を揺さぶる感覚で目を覚ました。目の前にはヘレンの顔がある。

「交代か」

「おう。なんならアタイが続けても良いけど」

「バカ言うなよ。お前は明日の主力なんだ、万が一にも寝不足で不調なんてことがあっちゃ困る」

「それこそ万が一だぜ」

ヘレンは唇を尖《とが》らせる。俺も睡眠不足程度で彼女の腕が鈍るとも思ってはいないが、それでも相手が相手だ。

「そういえば、フローレの腕はどれくらいなんだ？」

「天才だよ」

あっさりとヘレンは言った。

「随分あっさり褒めるんだな」

「事実だからな。いるんだよな、天才ってのが。別に騎士の家の出とかじゃないはずなんだけどな。見かけでそう思われないだけで、凄《すご》いぞあいつ」

かの〝迅雷〟が「天才」と言い切る剣士かぁ。

「ま、一対一ならアタイが勝つけど。エイゾウだとどうだろうな。十回に一回エイゾウが勝てるかもな」

「お前があっさり負けるような才能はもう天才とか、そんな範囲に収まらないだろ」

俺は苦笑する。

「ま、その腕前、明日じっくり見せてもらうことにするよ」

「おう、そうしろそうしろ」

そう言って笑ってからヘレンは横になる。すぐに聞こえてきた寝息を聞きながら、俺は明日の戦いに思いを巡らせ、焚き火の火を見つめるのだった。

10章　決戦

一夜が明けた。皆言葉少なに身支度を整える。着替えなどがないので、身支度と言っても簡単なものだ。昨日は多少手間取っていたディアナも今日はテキパキと準備を済ませた。

走って逃げたが、ジョランダさんはちゃんと方角を覚えていた。今日も彼女の先導で森の中を進んでいく。

「リケは前に出さないほうがいいかな」

リケはほとんど戦闘能力が無い。数人なら野盗を撃退できる程度の戦力ではあるのだが、流石《さすが》にドラゴン相手となると厳しいのは言うまでもない。

ディアナが真剣な表情で頷く。

「そうね。クルルとルーシーを見ててもらって、いざという時は、かな」

「だな。あとは昨日の場所にやつがいるかどうかだな」

「いると思いますよ」

リディがチラッと周囲に目を走らせながら言った。

「貴重な餌場でしょうから」

「それはそうか」

そんじょそこらに〝虹色石〟があるとも思えない。ドラゴンにとっては貴重な御馳走《ごちそう》だ。昨日見た限りではそれなりの量があった。いかなドラゴンといえども、一晩で喰《く》らい尽くすようなこともないだろう。

「ま、出たとこ勝負にはなっちゃうと思うけどね」

フローレが気楽な調子でそう言った。それはそれで事実だな。

「しかし、なんだか親方の巻き込まれ癖がうつってるような気がします」

リケが笑いながら言った一言、それに家族全員の同意の声が飛んだ。俺はわざとらしく肩を落とす。それで森の中に笑い声が響いた。

決戦前の状況っぽくはないが、これも我がエイゾウ工房流のリラックス術……ということにしておいてほしい。


そして、昨日の場所に戻ってきた。木々の隙間から覗《のぞ》き込《こ》むと、昨日見たドラゴンが俺たちに背を向けて〝虹色石〟をほじくり返している。思ったよりも掘り進めてないように見えるのは、食うぶんだけしか掘っていないからだろう。

「朝から精の出ることで」

ヘレンがドラゴンの様子を見て言った。

「おかげでチャンスだな。このままやろう」

俺とヘレン、そしてフローレはゆっくりとドラゴンに背中から近づいていく。やつはまだこちらには気がついていない。リディが言った通り、聴覚は大したことがないらしい。

絶対強者であり、周囲の敵を気にする必要が基本的にはないこともあるが、エサが魔力であるため、それだけを感じとれればいい、という割り切りでもあるだろう。魔力が音を立てるとは考えづらいからな。

それでも、視覚が普通にあることは分かっているし、嗅覚もそれなりに優れてはいるはずだ。今はエサの採取に躍起になっているだけで、十全に発揮されていれば、俺たちを感知することは難しくないだろう。

「突進されたり、飛ばれたりすると厄介だな」

俺が小さな声で呟《つぶや》くと、隣にいるヘレンが頷いて言った。

「ボーラみたいなものでもあればな」

ボーラは二つの球体を紐《ひも》で繋《つな》いだもので、投げつけることで紐が絡まり相手の動きを封じることができる、という武器だ。

「やつの動きを抑えるだけの大きさとなると、投げるだけでも一苦労だろうけど、次にドラゴンと戦うときは用意するよ」

俺が冗談めかしてそう言うと、ヘレンは小さく笑った。

「あんまりドラゴンと戦う機会に巡り会いたくはないけどな」

「確かに」

俺もヘレンに同意して笑う。しかし、

「ええー、あたしは何回でもやりたいけどなぁ」

フローレは俺たちとは真逆のようで、小声だが鼻息も荒くそう宣言する。

ヘレンはそれを聞いて今度は苦笑した。

「お前はもうちょっと足が速くなってから言いな」

「ぶー」

口を尖らせるフローレ。弛緩《しかん》した空気が流れるがそれも一瞬のこと。

ヒュッ、と風切り音がしたかと思うと、三本の矢が風を纏《まと》ってドラゴンへと駆けていく。

「グオオオォォォォ！」

うまく鱗《うろこ》の隙間を通し、深々と突き刺さった矢は一本だけだったが、ドラゴンは苦悶《くもん》の咆哮《ほうこう》を上げる。げる。そして、その隙を見逃すようなヘレンではない。二条の青い光を曳《ひ》いて、彼女はドラゴンへと駆け寄る。

「脚だ！」

「分かってる！」

俺が叫ぶと、ヘレンも負けず劣らずの大声で返してきた。一瞬にしてドラゴンの足下へと辿《たど》り着《つ》いた彼女は、青い光をドラゴンの脚に纏わりつかせる。流石アポイタカラ製と言うべきか。ヘレンがたたき込んだショートソードはドラゴンの鱗をスパッと切り裂いた。

「浅い！」

それだけでも十分だと思うのだが、ヘレンにとっては不満だったようだ。苛立《いらだ》ちを隠さずにそう叫ぶ。

「任せて！」

フローラがヘレンに遅れること少し。しかし、その遅れは脚の鱗を切り裂かれたドラゴンが立ち直るほどの時間ではない。彼女は手にした小剣をヘレンもかくやという速さでドラゴンの脚、ちょうどヘレンの剣が鱗を切り裂いたところへ寸分違《たが》わずたたき込んだ。パッと花が咲くかのように血が噴き出す。

「ギャァッ！」

ドラゴンはたまらず苦悶の声をあげた。やつの生きてきた中で、もしかするとはじめて味わう苦痛かも知れない。戸惑い、動きが鈍るのも当然だろう。

「ただの剣なのに凄いな……」

「言っただろ、あいつは剣の扱いにかけちゃ天才だよ」

俺が思わず呟くと、一旦隣に戻ってきたヘレンが言った。

「ボサッとしてる暇はないぞ」

「おう！」

言ってヘレンは再び駆け出す。俺も遅いながら、彼女たちに負けじとドラゴンに駆け寄る。さっきヘレンがやったように、アポイタカラ製であれば鱗ごと切り裂ける。ドラゴンの鱗は素材としては惜しいことこの上ないが、そうも言っていられないだろう。

三条の青い光が走った。二条はヘレンの、一条は俺のだ。バランスを失いかけ、かろうじて踏ん張りをきかせていた脚に、光が襲いかかると、再び血の花が咲いた。ドラゴンの苦悶の声が再び〝黒の森〟に響く。

「エイゾウさんも結構やるじゃん！」

フローレはそう言ってニヤリと笑う。今の攻撃ではヘレンは完全に肉を切り裂いていたが、俺は鱗のみだった。ほんのわずかだが間合いがズレたのだ。

しかし、さっきのリプレイ映像であるかのように、フローレは俺が切り裂いた鱗の上から寸分違わぬ位置に斬撃を繰り出し、肉を切り裂いた。

同じ脚に致命傷が二ヶ所。ちょっとしぶとい生き物——例えば大黒熊《おおくろくま》とかでも確実に葬り去っているだろう傷。しかし、そこは流石と褒めるべきだろうか、ドラゴンはなんとか持ちこたえる。

「やべっ」

俺は焦って後ろへ転ぶように飛びすさる。ヘレンはそのスピードをもって一瞬で間合いをとっていた。一旦距離をおかないと、ブレスがきたら厄介だ。

しかし、フローレだけは違った。不敵に笑うと、さっき切り裂いたほうの脚に一瞬で近づく。

「あっ、バカっ！」

焦るヘレンの声が聞こえたが、フローレは肉食獣のような笑みを浮かべると、わずかな切り傷に再び斬撃を見舞ったのだ。

一度攻撃した部分とはいえども、同じところを狙うのは弓矢で針の穴を狙うようなものだ。ましてやズレれば鱗にあたり、彼女の剣は下手をすれば折れてしまうのである。

「ギャオオオオッ！」

三度《みたび》の苦悶の声。しかし、そこに明らかに怒りの感情が含まれていることを俺は察した。

ヘレンの焦りはこれだったのだろう。下手に怪我《けが》を負わせても、怒りを買うだけでメリットが少ない。このあたりが傭兵《ようへい》として、あるいはもっと純粋に戦う者としての経験の差なのだろう。

怒りに燃えるドラゴンは、グッと頭を後ろに引いた。

「やべぇ！　全員伏せろッッ！」

その時、ヘレンの大声が響いた。俺たちはそれを聞いて咄嗟《とっさ》に身を伏せる。

直後、熱が背中を焼いた。ゴウという音が若干遅れて聞こえたような気がする。灼熱《しゃくねつ》は一瞬で過ぎ去ったので、特に身体《からだ》に影響はなかった。

だが、あの熱に巻き込まれていたらひとたまりもない。俺はまず心の中でヘレンに感謝した。

さっきの熱は言うまでもない。ドラゴンがブレスを吐いたのだ。スタンダードな熱のブレスで良かった。毒やその他特殊なものだったら、それらに対抗する用意の無い俺たちは危なかっただろう。

「あのブレスがある以上、ちまちまやってたらこっちが不利だな」

「そうだな」

舌打ちしたヘレンの言葉に、俺は頷《うなず》いた。早めに仕留めないと、ブレスを連発されたら面倒だ。ここまで怪我を負わせた以上、追いかけてくることも十分にあるだろうし。

どうやらブレスを吐いて即連発はできないようなので、決めるなら今か。

俺とヘレン、そしてフローレはそれ以上会話することなく、ドラゴンに向かって走り出す。

真っ先にドラゴンに辿り着いたのはやはりヘレンだ。ドラゴンが反応できないほどの速度で首元に飛び込み、ショートソードを振るい、そのまま駆け抜ける。

「ギャアッ！」

前の世界、東洋の龍《りゅう》なら「逆鱗《げきりん》」があるであろうあたり、そのあたりを深く切り裂かれたドラゴンは苦悶の声をあげ、体勢を崩す。そこへ俺が走り込む。

今度は対応できる時間はあったはずだが、その前につけた深い傷によって反応が遅れ、俺は同じく首元へ一閃《いっせん》を放つ。鱗が切り裂かれたその首の傷は更に深くなる。

その直後、更に光が迅《はし》った。フローレだ。天賦の才が手伝ったその会心の一閃。俺たちのようにアポイタカラでできているわけではない剣によるそれは、ドラゴンの首に半ばまで斬り込んだ。

「これで流石に……！」

フローレはそう叫んだが、ドラゴンの目はまだ怒りに燃えている。ググッと切れかけている首を後ろにそらす。ブレスだ。

「クソッ！」

俺は返す刀で斬りつけようとするが、フローレの身体が微妙に重なっている。俺ではこの体勢から紙一枚の隙間を通すような斬撃は放てない。

そう、俺なら無理だ。だが――。

「もらったッ！」

迅る二条の青い閃光。ヘレンの斬撃は光の速さをもってドラゴンの首に襲いかかり、ドラゴンの動きが止まった。

ブレスが来るならこの直後だろう。だが、俺たちの位置的に伏せても避けられない。俺は思わず目をギュッと瞑《つぶ》ったが、熱波は来ない。

恐る恐る目を開けると、ドラゴンの首は皮一枚でぶらんと垂れ下がっていた。

「さ、流石にこれで動かないよな……？」

「！　離れろ！」

ヘレンが叫び、俺とフローレは慌てて飛びすさった。ドラゴンの身体が動いている。まさか首を切り落としてなお活動するのか……？

結果から言えば、それは完全に勘違いだった。ドラゴンの身体は、前のめりに倒れ、ズシンと大きな音を立てて地面に崩れ落ちた。

轟音《ごうおん》と土煙が収まる。あたりは鳥の声も葉のざわめきも聞こえず、世界から音がなくなったようだった。

「よっしゃぁッ！」

サーミャが叫んだ。虎の咆哮のごとき大声だ。それで俺たちは事態を把握した。

静かだった森に、天まで届けと言わんばかりに歓喜の声が響く。

それは、しばらくの間続くのだった。

11章　またいつか

ドラゴンを倒した俺たちは、まず目的を達成することにした。〝虹色石〟の採取だ。

結構な量がドラゴンに食われていたが、クルルに積んでいた鎚《つち》とタガネで石を掘り出す。掘り出した石は、やはり光を発しながら魔力を放ち、その色を失っていく。

色を失った石に俺は鎚を当てた。貰《もら》った力のおかげで、叩《たた》けば再び魔力を籠《こ》めることができるのが分かる。だがしかし。

「うーん、これはダメだな」

「そうなんですか？」

俺の隣で興味津々に覗《のぞ》き込《こ》んでいたリケが言った。

「うん。まぁ、魔力を籠めることはできるんだ。ほら」

俺が鎚で〝虹色石〟だったものを叩くと、わずかにその部分の色が虹色になる。

しかし、次の瞬間、再びその虹色は失われていった。

「こうやってすぐに魔力が抜けちゃうんだよ」

「ははぁ、なるほど」

「それにな」

俺は新しく〝虹色石〟を掘り出すと、虹色に輝いている間に鎚で勢いよく叩く。すると、その部分がポロポロと崩れた。

「脆《もろ》いんだよなぁ……」

俺が今まで扱ってきた鉱物は魔力を籠めると硬さを増した。それは鋼であっても変わらない。しかし、〝虹色石〟は魔力が籠もっていると脆くなるようなのである。掘り出す時の感触と若干違うので、何か魔力が抜ける以外にも起きているのかも知れない。

「うーん、確かにこれでは使えませんね」

「鋼みたいに熱して叩くとまた違うのかも知れないが……」

「持ち帰ります?」

「うーん」

俺は悩んだ。少し持ち帰って加熱してみるのはありだろう。最悪、武器などには使えなくても宝飾品ならいけるかも知れない。時間が空いたときに試す材料としてはもってこいか。

「よし、少しだけ持ち帰ろう。ナイフ一本打てれば良いくらいの量でいいや」

ナイフ一本分とはつまり、これまで掘った量だけを持ち帰る、ということなのだが。俺はそれを革袋に入れて、クルルが背負っている荷物に放り込んだ。

一方、ドラゴンの遺骸はというと。

「なにこれ。フニャフニャになってる」

「今、ものすごい勢いで魔力が抜けてますからね」

「え、大丈夫なの？」

「魔力は澱《よど》んでないので平気ですよ。工房の周りよりちょっと魔力が強いくらいですし、周りに散ってしまうので」

「工房の周りって、この森でもかなり魔力が濃いんじゃなかったっけ？」

「そうですね」

「え、大丈夫なの？」

「大丈夫です」

そんな会話をディアナとリディの間で交わしていた。ドラゴンは全体がぷよぷよとした感じになってしまっている。

なかでもドラゴンの鱗《うろこ》、といえばファンタジー世界では硬いものの代名詞のような存在だが、この世界ではそうではないらしい。今ディアナが手にしているものは硬めのゴム板のようにゆらゆらと揺れている。

「ドラゴンの鱗って魔力で硬さを保っていたのか」

「そのようですね」

あの巨体を支えるところにはじまり、おそらくは空を飛ぶのも、ブレスも魔力のなせる業だろうが、鱗の硬度まで魔力とは。

フニャフニャしている鱗を手に、ディアナが言った。

「これは何かに使える？」

ディアナの隣で、リケが目をキラキラさせている。俺も鱗を一枚手に取った。

「うーん」

さっきの〝虹色石〟を考えると、こっちも魔力が籠められたとして、すぐに抜けてしまいそうだ。

俺はドラゴンの鱗に鎚を当ててみた。そのまま魔力を籠めるように叩くと、籠める端から魔力がすぐさま抜けていき、そもそも硬くなりもしなかった。

加熱しようにも、鉱物である〝虹色石〟とは違い、こちらは生物のものだ。前の世界の生物と同じ組成かは分からないが、目や牙も確認した感じ、魔力が抜けた状態で高温に耐えられるとは思えない。この世界、ドラゴン由来の武器防具の話を聞かないなと思っていた（まぁ聞く機会も大して無い）が、そもそも作れないのではなかろうか。

もし何か、籠めた魔力が抜けなくなるような加工法でも思いつけば別だろうが……。

「ちょっと難しそうだな。記念品がないのもあれだし、鱗を数枚に牙を数本と、肉を少しばかり失敬して、あとはここに置いていくしかない」

「うーん、残念ですね」

リケは心底名残惜しそうだ。それが鍛冶屋として材料をたんまりと取れなかったことへの感想なのか、それとも肉の話なのかは聞けずじまいだったが。

ドラゴンの肉は容易に切り取ることができた。とんでもないスジ肉の塊だったらどうしようかと思ったが、引き締まった赤身の肉に見える。これもやっぱり魔力で支えている分、腱《けん》が少なくて済んでいる、ということなのだろうか。

何度も見てきた猪《いのしし》や鹿ならまだしも、ドラゴンの身体構造なんか前の世界はもちろん、インストールの知識にもないから詳細は分からない。ただ、ワニの肉なら食べたことがある。弾力に富んだ鶏肉《とりにく》といった感じだったので、方向性が同じなら肉の味は期待しても良さそうだ。

袋に肉を放り込む。これは「途中で何か獲物を仕留めた時のために」と用意したものだ。まさかこんな超大物を仕留める羽目になるとは全く思っていなかったが。牙と鱗は別の袋に分けて入れておいた。

肉をクルルに積むとき、ルーシーがやってきて、俺の足をたしたしと叩いた。これはご飯をおねだりしているのだ。

「欲しいのか？」

「わん！」

俺が聞くと、ルーシーは一声吠《ほ》え、尻尾をブンブンと振った。どうやら、このドラゴン肉を欲しがっているらしい。

「どうしようかな……」

寄生虫だのなんだのを考えると、あんまり生肉を与えたくない。しかし、ルーシーの目は期待にキラキラと輝き、舌を出している。この期待を裏切るのも……。

悩んだ末、俺は与えるのを止《や》めておいた。やはり、生肉でルーシーの健康を損ねるのはよろしくない。

ルーシーはもらえないと分かってすっかりしょげている。罪悪感が俺の胸を埋め尽くしていくが、許せ愛娘《まなむすめ》よ、これもお前のためなんだ。

「ちゃんと後で焼いたのをあげるから」

俺が言うと、ルーシーは理解したのか、

「わんわん！」

そう強く吠えて、歩き出したクルルお姉ちゃんの後を意気揚々とついていった。


「今日はこのへんにしよう。川も確かあっちにあるし」

「そうですね。準備しましょう」

〝黒の森〟がオレンジに染め上げられていく頃、ジョランダさんの先導でほんの少し開けた場所に出た。今日のキャンプ地はここになる。

寝るときはいくつかのグループに分かれる必要がありそうだが、真ん中で焚《た》き火《び》をして、そこで見張れば安全は確保できそうだ。

三回目ともなると、皆も手慣れてきて準備がテキパキと進んでいく。そして、あっという間に焚き火が燃え上がり、オレンジから〝黒の森〟になりつつあるあたりを煌々《こうこう》と照らした。

「さてさて、どうかな……」

パチッと脂が爆《は》ぜる。今、枝を加工した串に刺され、焚き火で炙《あぶ》られているのはドラゴンの肉だ。

焚き火の周りをルーシーがぐるぐると回って、肉が焼き上がるのを今か今かと待っている。

「クルルルルル」

それを窘《たしな》めるように、クルルが鳴いた。その声で、ルーシーはちょこちょことクルルの側《そば》に座り込む。俺の肩に連続した衝撃が走った。

「なぁ」

俺はその衝撃の主に話しかけた。

「なぁに？」

「あの肉、クルルにもやって大丈夫だと思うか？」

「え？　あ……」

肩に来ていた衝撃が止まる。どう考えても別種だが、クルルも走竜と呼ばれるドラゴンの遠い遠い親戚なのだ。と、いうことはつまり、一種の共食いとも言えるわけで……。

肉は肉に違いない。その意味では良いのだろうが、クルル自身では認識できないだろう倫理という壁がある。

「ま、まぁ、大丈夫じゃないかしら」

ママが言うんなら大丈夫か。しばらく焚き火で炙られたドラゴン肉を眺め、火の通りを確認する。良い感じに火が通っていたので、塩胡椒《こしょう》を振る前に切り分けておいた。もちろん、クルルとルーシーのぶんである。木の皿に切り分けた肉を取り、ディアナに渡す。彼女はそれを二人の前に持っていった。

「はい、どうぞ」

「クルルルル」

「わん！」

ディアナが二人の前に皿を置くと、いただきますのつもりなのだろうか、一声あげてからガツガツと食べ始めた。

「それじゃ、俺たちも食べるか」

「そうね」

二人で皆を呼ぶと、めいめい焚き火の周りに車座に座った。手を合わせ、〝いただきます〟をした。昨日もしたので、フローレも見よう見まねでやっている。こうして、夕食がはじまった。


「さてさて、味はどうかな……」

俺は早速炙ったドラゴン肉に塩胡椒を振っただけのものにかぶりつく。硬いかと思ったら、スッと噛《か》みきれる。口の中にドラゴン肉が転がり込んできた。噛んでみると、ジュワッと肉汁と脂が口の中に広がった。

「おお……これは……」

味としてはやはりワニに近い。濃い鶏肉のような味がする。普段食べている猪や鹿と違って、やや淡泊ながらしっかりした旨《うま》みを感じる。

「うめぇ！」

そう叫んだのはサーミャだ。その気持ちはよく分かる。他の皆も叫びこそしないが気に入ったようで、普段はあれこれと話をしながらの食事だが、今は黙々と口に運んでいる。

「やー、これはほんとに美味《おい》しいね」

フローレがサーミャにニッコリ笑って言った。

「だよな！」

サーミャも同じくニッコリ笑って返す。

「あたし、ドラゴンの肉を食べるなんてはじめてだよ」

「そんなの、アタシだってはじめてだよ」

そう言って、二人は笑いあい、再び肉にかぶりつく。

「うまいけど、はじめて食べるものだし、もし身体《からだ》に異変があったら言ってくれよ」

俺は二人を含めた皆に声をかけるが、うんうんと頷《うなず》かれるだけで声は返ってこない。俺はため息を小さくついて、次の一口を味わうべく、肉にかぶりついた。

結局、誰も腹痛やその他体調不良を起こすこともなく、無事に夕食を済ませることができた。

唯一計算外と言えるのは、持ってきたドラゴンの肉の在庫がなくなってしまったことだ。あまりにうまいので、持ってきた分を全部焼いて、皆の腹に収めている。ルーシーなどはちょっと食べ過ぎたのか、お腹《なか》をぽっこりさせて横になっていた。その隣にはクルルが寝ている。彼女も特に体調不良を訴えることなく、穏やかな寝息を立てて夢の中だ。

一度肉を取りに戻ろうかという話にすらなったが、流石《さすが》に行って戻っては厳しいし、肉の質も悪くなっているだろうということで断念したのだ。

今、ヘレンを含めて皆は焚き火の周りで少しバラバラになって寝ている。既に見張りは俺が引き継ぎ、フクロウらしき鳥の声が響く森の様子に目を配り、耳を澄ます。静かな夜と言っていい。

ここ数日こうやって見張りをしているが、狼《おおかみ》や熊が現れることもなく、静かな夜を過ごさせて貰《もら》っていた。

そんな夜半、俺が何本目かの薪《まき》を焚き火にくべると、ガサリと音がした。傍らに置いていた〝薄《うす》氷《ごおり》〟を手に目を向けると、フローレが起きてきていた。

「どうした？　眠れないのか？」

俺は手にした〝薄氷〟を置いて言った。フローレはゆっくりと首を縦に振る。彼女は苦笑しながら言った。

「なんだか目が冴《さ》えちゃって」

「まぁ、よくよく考えたら昼にはドラゴンと戦ってたわけだしなぁ」

そう考えると、穏やかに寝ている皆のほうがおかしい気がしてきて、俺も苦笑した。

「そうだね。隣いい？」

「どうぞどうぞ」

「それじゃ失礼して」

そっと静かにフローレは俺の隣に座った。淹《い》れておいた茶をカップに注いで渡してやると、小さく「ありがとう」と言って受け取る。

二人ともしばらく黙って焚き火を見つめていた。

「あたしね」

フローレがぽつりと話しはじめた。

「小さい頃に傭兵団《ようへいだん》に入ったの。色々あってね」

色々の内容を教えてくれるつもりはないらしい。彼女がいくら人懐こいと言っても会ったばかりのオッさんに、そういった情報を教えてくれることはないよな。

「そこで一番面倒を見てくれたのが姐《あね》さんだったんだよ」

「へえ。まぁ、なんか想像はできるが」

「でしょ？」

ニヘリ、とフローレは笑った。

「それでね、最初は姐さんみたいになりたいなって思ったんだけど、ま、無理だよね」

今度は眉根を寄せるフローレ。

「ありゃあなぁ……」

「でしょ？　でも、同じことをしていけば、いつか同じになれるかなって」

「それで〝黒の森〟に？」

フローレは俯《うつむ》き、頷《うなず》いた。表情はよく分からない。

「なんか帰ってこないし、修行でもしてるのかなって思った」

「それで自分も行ってみようと？」

再び頷くフローレ。

「そしたらさあ、森でのんびり暮らしてるって言うじゃん！」

フローレは頬《ほお》を膨らませた。自分が目標としている人物が更なる向上を求めているのかと思っていたら、引退同然に暮らしていたら憤慨するのも分からないではない。

「じゃ、お前もうちに来るか？　俺は構わんぞ。そうすればヘレンと訓練し放題だ」

実際ディアナはヘレンに稽古をつけて貰《もら》っていて、メキメキと剣の腕を上げているらしい。

しばらく沈黙が流れた後、焚き火で照らされているフローレが笑みを浮かべた。

「それも楽しそうだけど、姐さんと違って、あたしにオジさん趣味はないし」

「いや、ヘレンも別にそういうのはないと思うけどな」

俺は苦笑した。

「それにね」

フローレはニヤリ、と不敵な笑みを浮かべた。

「今日思ったんだ。あたしはいつか姐さんを越えてみたい。それには同じところにいて同じことしてちゃダメなんだよ」

表情の気楽さとは違い、大きな決意を秘めた瞳。

「そうか」

残念だ、とは思う。フローレがいれば、うちは明るくなることだろう。皆も少し年下の妹ができて嬉《うれ》しいかも知れない。

だが、決意を秘めたその瞳を見てしまうと、気軽にその目的を歪《ゆが》めてしまうようなことをするのは絶対にいけないことなのだ、と思い知らされる。

「……遊びに来たくなったら、街にカミロって商人がいるから、そいつに聞くといい。エイゾウが教えて良いと言っていた、と言えば教えてくれるはずだ」

「わかった」

静かに、しかし満面の笑みを浮かべるフローレ。彼女はカップの茶を飲み干すと、「寝るね」と言って焚き火を離れ、俺はその後ろ姿を見送った。


「それじゃ！」

満面の笑みで、大きく手を振るフローレ。〝黒の森〟で更にもう一夜を過ごした後、街道まで出てきていた。

ここは街から見ても更に北にあたる。一番近い街道がここになる、ということでここに来たのだ。フローレはここから南に街道を下り、街を過ぎて都に戻る。途中まで送ろうかと言ったのだが、一人で帰れる、とフローレに固辞されたのだ。

「またな！」

ジョランダさんも含めて、皆、口々にフローレに別れの挨拶をする。その中でもヘレンの声は一際大きい。

フローレも負けず劣らずの大声を張り上げる。

「まーたーねー！」

クルルとルーシーも再びそれに応えるように鳴き、俺たちはフローレと別れ、「森の住人」に戻ったのだった。

エピローグ　揃《そろ》いの竜

「ドラゴン由来の武器や防具は作れない」

それが、世界の常識である。なんでもドラゴンは倒すとその身体《からだ》を構成するほとんど全てがフニャフニャと柔らかくなってしまうのだそうだ。

唯一利用可能なのが肉で、滋養強壮によいなどの効果はないものの、実に美味であるらしい。

さて、私の目の前に一振りの剣と、一領の鎧《よろい》がある。ここは王国の宝物庫。今回は頼み込んで特別に閲覧室でこれらを見せてもらっているところだ。

「見事ですね」

「そうでしょう？　これの珍しいところは揃いの鎧もあるという点で、この特徴は他にはないものです」

まるで自分が作ったものであるかのように胸を張りながら宝物庫の管理官が言ったとおり、剣と鎧にはデザイン上の共通点がある。そのどちらにもドラゴンの頭のような意匠がこらされていて、なるほど揃いであると言えた。

私の知る限りにおいても、彼の作品で武器と防具の両方が揃いで作られたものは他にはない。

〝竜殺し〟が代々受け継いでいるミスリル製のボーラのような珍しいものなのだ。

それにしても、彼の作ったものとしては、他と比べて随分と華美に見える。多少の細工が施されているものはいくつもあった。一番派手なもので〝迅雷《じんらい》〟の二振りの剣であろうか。あれは青く光るという特徴を活かした細工が施されているが、ここまでではない。となると、

「もしかして、実用ではないのですかね？」

私は管理官に聞いてみた。彼女は細い顎に手をやる。

「剣のほうは過去に一度試し切りをしたことがあるそうです。記録が残っていました」

「そうなんですか？」

「ええ。それによれば、『人の胴ほどもある鉄柱を音もなく斬った』そうですよ」

顎に手を置いたまま、管理官は小さく笑って言った。まさか、とは言えないのが彼の〝作品〟の特徴であることを、私は既に知っていた。

いくつか残っている傑作は、この「揃いの竜」の片割れと同等か、それ以上の切れ味を誇っている……ことになっているし、様々な記録にそれを裏付ける事実が残っている。

だが、他と違った特徴を持つこれらであれば、唯一実用でないということもあり得るのかと思ったのだが、さにあらず。

「つまり、『彼』は不可能と言われているドラゴンの素材を使って、実用以上のものを作った、ということですよねぇ」

「そうなりますね」

「その製法について残ってたりは……」

「しませんん。これ一つ作ったきりだったようです。何か彼の中で技術的な問題解決ができたので、それの確認の意味が強かったとかなんとかだそうですよ」

「へぇ」

管理官の言葉に私は目を丸くする。世界でも唯一と言っていい技術を全く残さず、ただの試しで作ってそれっきりというのはにわかには信じがたい。

だが、彼を追い続けてきた私が「彼ならやるだろうな」という妙な信頼感を覚えたのも確かだ。

「ああ、すみません、一つ確認したいのですが」

「あれですね。良いですよ」

私が言うと、管理官は快く応じてくれた。管理官は手際よく、剣と鎧にある竜の目にあたる部分の象嵌《ぞうがん》を取り外す。

外した後にはぽっかりと穴が空いている……かと思えば、凸凹しているのが分かった。管理官がその凹凸が見えやすいように角度を調整すると、凹凸の姿が浮かぶように見えてくる。

そこにあるのは「座ったちょっと太めの猫のレリーフ」。つまり、エイゾウ工房の品であるということだ。

「確かに、彼の作品ですね」

「ええ。まぁ、直接持ち込んでこられて、上を下への大騒ぎだったらしいので、贋作《がんさく》というのはあり得ないんですけどね」

管理官がまた胸を張って言った。

「それも記録に？」

「ああいえ、これは記録には残ってません。ただ……」

「ただ？」

管理官はエヘン、と咳払《せきばら》いをする。

「持ち込まれたのがうちの家だったそうなんですよ」

「え？」

「我がシュルター家の語り草ってやつで、私も祖母から聞きましたが、その祖母も母親――つまり私から見て曾祖母《そうそぼ》ですが、その人から聞いたそうです」

「シュルター家……曾祖母……」

私は頭を捻《ひね》った。その名には聞き覚えがある。

「あ、もしかして」

私は手を打った。

「〝規則の悪魔〟！」

「ええ、フレデリカ・シュルターその人です」

随分と物騒な二つ名だが、それを聞いた管理官はニッコリと笑って答えた。

〝規則の悪魔〟、何者かのためにあらゆる法や規則を知悉《ちしつ》し、駆使し、守り抜いたと言われる女性。

その家にエイゾウ氏が唯一と言っていい方向性の作品を持ち込んだのだ。

その事実に、私の中で何かの糸が繋《つな》がったような、そんな感覚を覚えた。

出会いの物語⑦　森の住《す》み処《か》

深い緑の森に、灰色の髪が映えていた。ゆらゆらと揺れる身体《からだ》で森を進む彼女はどこかへ散歩にでも行くかのような気楽さだ。

しかし、この森はそこらの森とは大きく異なる。〝黒の森〟。そう呼ばれるこの森は、広大で危険なところと世間からは見なされているし、実際にそうなのだ。

狼《おおかみ》の獣人であるジョランダは、この日も獲物を捕らえて機嫌が良かった。ゆらゆらと身体を揺らしながら歩いていくのは無意識に行う彼女の感情表現の一つである。

ジョランダは自分の感情表現が控えめであることは自覚していた。

もしかすると自覚しないまま育ったかも知れないその特性を、自覚させてくれたのは、彼女の幼《おさな》馴染《なじ》みだ。

ジョランダとは違って、その幼馴染みは虎の獣人であるからなのか、それとも本人の資質によるものかは分からないが、感情表現が豊かであった。そんな彼女とほとんど一緒に育てば、自分の感情表現がどうであるかは否《いや》が応《おう》でも知ることになる。

なのでなるべく感情を出そうとしたこともあったが、どうもうまくいかず、

「ジョランダはそれでジョランダなんだから良いんじゃねぇの」

という幼馴染みの言葉もあって、無理に感情を表そうとすることは止《や》めた。以来、ずっとこんな感じで過ごしている。

獲物を手にジョランダは自分のねぐらに戻っているところだった。そういえば、時折、森の中で出会っていたその幼馴染みには近頃出会わない。あの元気な幼馴染みに滅多《めった》なことがあるとは思えないのだが。

獣人は時折ねぐらを変える。そのタイミングがうまく噛《か》み合《あ》っていないのだろう、ジョランダはそう考え、ねぐらへの道を急いだ。

「はぁ……はぁ……」

ジョランダは森の中を駆けていた。獣人の全力である。相当な速度だ、並大抵の相手では追いつけない。それでもその速度を維持して逃げないと、とジョランダは必死に走り続けた。

ジョランダが獲物を手にねぐらに戻り、加工して食事にしようとしたところ、外からあまりよろしくない気配がした。慌ててねぐらから飛び出した彼女の目が捉えたのは、大きな大黒熊《おおくろくま》の姿である。

危険なこの森においてすら、一番危険と言っていい生物の唐突な出現に、ジョランダが泡を食ったのは言うまでもない。

ジョランダは距離がある間にねぐらに飛び込み、加工した獲物も放置して最低限のものだけ引《ひ》っ掴《つか》むと、走って逃げ出した。

振り返ると、ねぐらを飛び出すときに蹴ってしまったのだろう、加工した獲物が少し出てしまっていたが、熊はそれには目もくれずに、ジョランダのねぐらへ侵入していく。

そして今、ジョランダは必死に走って熊から逃げているというわけである。


「こ、ここまで来たら大丈夫かな……」

ジョランダはしばらく走った。自分の感覚がだいぶ遠くまで来てしまっていることを知らせている。ひとまず息を整え、これからについて考える。

「どうしようかな……」

しばらく経《た》てばあの熊もジョランダのねぐらから、他へ移っていくかも知れない。しかし、それを待つにせよ、待つための場所が必要になる。簡易でもいいから、雨風をしのげるような場所が。

思い当たる場所はそう多くない。ジョランダがその中で一番近いところへ向かって歩こうとすると、耳がわずかな物音を捉えた。どうやら複数人が固まって移動しているらしい。

ジョランダは思わず舌打ちをする。もしかするとジョランダと同じところに向かっているのかも。そうなれば自分は少し遠いところまで行かなくてはいけない。

肩を落としながら、ジョランダが移動しようとしたとき、耳が別の音を捉えた。鋭く響く指笛の音。その音にジョランダは聞き覚えがあった。

その音は幼馴染みの指笛だ。近くにいるらしい。獣人族は基本的に固まって移動はしないはずだが、そんな疑問はすぐに振り捨て、熊の脅威が近くにあることを知らせるべく、彼女は幼馴染みの元へと向かっていった。

あとがき

どうも、五巻目までやってきました。厄年オーバーまだギリギリ兼業作家たまるです。

前回のあとがきで「ジョランダは元々別のキャラの役割を代替させるかも知れなかった」というお話をしましたが、その別のキャラというのが今回出てくる子狼《おおかみ》のルーシーになります。

彼女を獣人の子供として出すのはどうか、ということを検討したんですが、Web版でも凄《すご》く人気のあるキャラなので、あえなく断念し、そのままでの登場となったわけです。

また、今回は新しくWeb版には登場しないキャラを出しています。ヘレンの後輩のフローレです。書籍版オンリーのキャラとして森はジョランダ、街はアシーナがいますが、都にはいません。

そこで、新しくキャラを設定して登場したのがフローレです。彼女も次巻とは限りませんが再登場する予定ですので、今回でファンになった方は再登場をお待ちいただければと。

そして、敵としてドラゴンが出てきます。一巻のエピローグで竜殺しの話がありましたが、なぜエイゾウはボーラが必要になることが予測できていたのか、そのボーラにミスリル製の紐《ひも》なんていうものを用意したのかの理由が今回のドラゴン戦になります。まぁ、あんまりうようよいられても困るので、度々出たりはしない……はずです。多分。

そういえば、コミカライズ版の二巻もこれが出る頃には発売されているはずです。一～二巻で原作一巻のエピソードまるっと全部になりますので、もしまだ買っておられない方は、こちらもご購入いただければと思います。なお、原作二巻の「エイムール家騒動編」も続いてコミカライズされますので、併せてご覧いただければ嬉《うれ》しいです。


以下は謝辞になります。毎回キンタ先生には無理難題を押しつけてしまっているのですが、今回もフローレという新キャラにくわえ、子狼のルーシーの素敵なデザイン、そして挿絵も盛りだくさんに描いていただいておりまして、申し訳ないやらありがたいやらです。

日森よしの先生のコミカライズも毎度言っておりますが、楽しみにさせていただいております。ありがとうございます。

旧担当のSさん、今まで大変ありがとうございました。おかげさまで無事に五巻も出ております。今回から担当いただいております、新担当のIさんもご尽力くださいました。ありがとうございます。

友人達、実家の母と妹、猫のチャマとコンブもいつも元気をくれてありがとう。

お婆《ばあ》ちゃん。お爺《じい》ちゃんと伯父さんには会えましたか。僕がそっちに行くのはまだ少し早いから、しばらくは三人で見守っていてくれると嬉しいです。

最後に、ここまで読んでくださった読者の皆様に最大級の感謝をお贈りしたいと思います。


それではまた、六巻のあとがきにて！

カドカワBOOKS

鍛冶屋《かじや》ではじめる異世界《いせかい》スローライフ 5

2021年11月10日 初版発行

著者／たままる

発行者／青柳昌行

発行／株式会社KADOKAWA

〒102-8177
東京都千代田区富士見2-13-3
電話／0570-002-301（ナビダイヤル）

編集／カドカワBOOKS編集部

印刷所／大日本印刷

製本所／大日本印刷

Printed in Japan
ISBN 978-4-04-074303-5 C0093

新文芸宣言

かつて「知」と「美」は特権階級の所有物でした。

15世紀、グーテンベルクが発明した活版印刷技術は、特権階級から「知」と「美」を解放し、ルネサンスや宗教改革を導きました。市民革命や産業革命も、大衆に「知」と「美」が広まらなければ起こりえませんでした。人間は、本を読むことにより、自由と平等を獲得していったのです。

21世紀、インターネット技術により、第二の「知」と「美」の解放が起こりました。一部の選ばれた才能を持つ者だけが文章や絵、映像を発表できる時代は終わり、誰もがネット上で自己表現を出来る時代がやってきました。

UGC（ユーザージェネレイテッドコンテンツ）の波は、今世界を席巻しています。UGCから生まれた小説は、一般大衆からの批評を取り込みながら内容を充実させて行きます。受け手と送り手の情報の交換によって、UGCは量的な評価を獲得し、爆発的にその数を増やしているのです。

こうしたUGCから生まれた小説群を、私たちは「新文芸」と名付けました。

新文芸は、インターネットによる新しい「知」と「美」の形です。

2015年10月10日
井上伸一郎